물과 민율

서요나
1990년 서울에서 태어났다.
2018년 『페이퍼듬』을 통해 시인으로 등단했다.
시집 『물과 민율』을 썼다.

파란시선 0093 물과 민율

1판 1쇄 펴낸날 2021년 12월 10일
지은이 서요나
디자인 최선영
인쇄인 (주)두경 정지오
펴낸이 채상우
펴낸곳 (주)함께하는출판그룹파란
등록번호 제2015-000068호
등록일자 2015년 9월 15일
주소 (10387) 경기도 고양시 일산서구 중앙로 1455 대우시티프라자 B1 202-1호
전화 031-919-4288
팩스 031-919-4287
모바일팩스 0504-441-3439
이메일 bookparan2015@hanmail.net

ⓒ 서요나, 2021, printed in Seoul, Korea

ISBN 979-11-91897-12-8 03810

값 10,000원

물과 민율

서요나 시집

시인의 말

너를 오래된 종처럼 흔들면
천민의 노래와 귀족의 노래가 함께 흐르네

천국의 식민지인 이 세상에서
누명으로 사랑했네

차례

제1부

어느 행성의 계절일까

졸업

너는 정전된 도시처럼 나를 끌어안고

내 몸은
어둠 속에서 울리는 공중전화 소리처럼 너를 끌어안고

어류의 온도를 갖지 않으면
거짓이 되는 나날들

소리 없이 잠든 순간에도
인간은 폭풍이라는 걸 알아
징조가 우리를 내내
끌고 다녔다

구애의 산란

—

하얀 뼈로 쌓아 올린 첨탑
그게 내 이름이었지

아무도 뼈의 모체를 궁금해하지 않는 시간처럼
나라는 모체의 뼈를 알고 싶어 하지 않았던 빨갛게 번
지는 공휴일들을
너는 기억해 두길 원했다

다 뺏어 가도 좋다고 했어
소금물과 오래된 사원의 냄새가 섞여 배어 나오는
내 손으로
너의 허파 안보다 어두운 주머니 속에서 구겨져 가는 화폐
분홍색 알약들
문이 없는 옷장하고
천사의 형상을 한 사탕들과
너도 아직 내 본 적 없는 목소리들
칼과 청산가리들을

베개와 이불이 없어 잠들지 못하는 자들에게서 밤은
— 온몸의 구멍과 흉터들로부터 밀려 나가 이 땅을 휘감

앉고
　어디인지 모를 곳에서 사이렌이
　사이렌만 남기고 모든 게 사라진 세계처럼 울려오곤
했었네

　너의 꿈이 나였다고 고백해 줄 시간이 온다면
　그때 아직, 인간이 지금껏 꿨던 유일한 꿈은
　비밀경찰에게 쫓겨 달아나던 검푸른 잠바의 스파이가
　강물을 향해 투신하고 숨이 넘어가는 동안 꿨던
　꿈이기를 바란다고 생각한댔지

　이 생의 마음이 한 올 한 올 붕대를 벗고 전생의 마음
으로
　변할 때까지 꼭꼭
　숨겨 놓기로 했었지

　느닷없이 목련꽃이 피어나면서 누설되는 목련나무의 정
체보다
　목련꽃이 피어날 미래를 기다리는 목련나무 목발이 되
어 가슴속에 박아 놓아도

13

조바심 내지 않았다

너에게 다 버려도 좋다고 너 믿었었지
흠뻑 젖은 나의 수면 양말
설치할 건물을 찾지 못하는 창문
부러진 사다리를
감기와
훔쳐 온 장신구들
너는 다 받을 수 있다고
내가 아니라 네 속에서 뚫고 나오는 기억처럼
기억처럼
익사의 공포가 익사의 기억인 듯
엄습해 오는 순간이여

영혼이 몸을 향해 깃들던 역사가 끝나고
몸이 영혼을 향해 깃들어 가는 역사가 시작돼도
너는 나에게만 깃들겠다고 약속했네
약속
짐승이 다문 입과 인간의 다물어진 입속 지독한 그늘이
두 개의 종으로 나뉘지 않으리라는 주인 없는 양식

부드러운 비단으로 둘둘 감싼 열두 자루의 검이 날아와
사계절의 급소를 찔러도
그것은 아열대의 하늘 아래에서 부패해 가는 쓰레기통
의 쓰레기들 사이
눈부신 은색 머리빗과 같다네

서로의 오른손을 맞물려 잡으면
그것이 마치
왼손의 영매로 태어나는 일 같았고

새가 투명한 알을 열고 나와 자라기 시작하면서
알의 존재로 되돌아가는 통각을 가장 먼저 배울 때

이 몸들은 빛과 공기
생일(生日)도 성년(成年)도 없이
목소리 대신 침묵을 닮아 가므로

어둠의 얼굴 위로 창백하게 빛나는 데스마스크가 덮이
고

아침이 올 때

그 어디에도 흉기가 없는 세계와
오직 흉기만이 있는 세계의 사이처럼 멀어져도
지켜 주겠다고 맹세했었나니

merry merry bluesy

네가 나 몰래 녹음해 둔
우리가 숲으로 진입하던 날의 소리가 전송되어 왔다

뒷걸음질 치며 지나가는 가을이었다
곤충과 짐승들은 기력을 전부 잃은 인간의 모습으로
어슬렁거리겠지

사위가 너무 고요하면
나는 공기와 같은 연대기를 살아왔던 기분이고

초록색 이어폰을 낀 채 텅 빈 교실에 앉아
방정식 문제를 풀며
아무것도 들려오지 않는 녹음 파일을 듣고 있었다

이건 우리가 숲으로 가는 게 아니라
숲이 우리를 향해 다가오는 소리에 가깝다고
너에게 따져 묻고 싶었지만

음향기 속에서 너는
신체의 보이지 않는 곳부터 천천히 음향기가 되어 가고

네가 신에 버금가는 크기의 상처를 내게 줘 버렸을 때
조차
네가 신이 아니라면
그땐 어떤 욕을 구사해 줘야 할까

소이야
아무리 쳐다봐도 가까워지지 않는 숲을 쳐다보며
대사가 없는 소설만 골라 읽었지
말이 없는 세계를
문장만 남은 세계라는 이름으로 부르며 웃고 울었는데
문장이 없어서 쓸 수 없는 세계를
말이 사라지고 모든 게 남아 버린 세계로 읽으며
귀가 따갑도록 네가 손뼉을 치면

나무에 앉아 있던 새들이 전부 다 도망갔네

펑
카메라 셔터 소리처럼 사람의 마음이
가슴을 찢고 나가 버린 듯

태초에 말씀이 있었으니
태초에 말씀이 있었으니

호흡이 벅찰 만큼 너무 긴 문장을
뼈와 장기들처럼 함축해서 발화해 보면
나를 뺀 세상 모든 것들의 호흡이 벅차오르고

나무와 사람의 구별점은 단지
나무로 죽는 나무와
악기가 되어 오랫동안 죽는 나무의 사이일 뿐이라는 생
각이 엄습해 오고

마음을 생물로 분류한다면
양서류일 것이라는 믿음이 차오르기 시작할 때

'사랑해! 마지막이야'

녹취록 속에서 누군가 외치며
재생이 멈췄다

소름의 역사

—

칼자국이 난 클루미 티셔츠를 입은 우리 둘
자동차 본네트에 걸터앉아
서로에게 괴담을 들려준다

괴담이 하나도 무섭지 않으면
그때마다 저녁이라는 말이 등 뒤에서
테레민이라는 말을 잘못 발음한 소리처럼 타이핑되어
흘러가는 기류에
기운이 빠졌다

음악이 흘러나오는 워크맨과 헤드셋을 저 멀리 벗어 놓
고 있으면
악기가 화기로 변하는 소리가 들리지

이거는 너무 오래된 옛날이야기야
이를테면
공기에 비유할 대상이 아무것도 없어서
마치 공기가 없었을 것 같던 시절의 이야기

— 하지만 그런 건

시절이 아니라 계절처럼 느껴져 오고
계절처럼 느껴진다 싶으면
그냥 계보라는 이름에 더 가까울 것이다
싶었다

어째서 괴담의 주인공들은 언제나 괴담 속에서 외롭게
보이는 걸까
온 세상에 사람이 마흔일곱 명뿐일 때
마흔일곱 명이 돌아가면서
단 일 초도 쉬지 않고 마흔일곱 개의 괴담을 발설해도
첫 번째 괴담
두 번째 괴담
마흔일곱 번째 괴담
그렇게 모든 사람 수만큼의 괴담을 쌓아 올리고 또 올
려도
여기와 똑같은 세계가 만들어지지 않는다면
여전히 주인공들은 이 지상에 혼자 있는 것처럼 외로
워진다면
외로워지고야 만다면
그때는 소름이 끼쳐 오도록

나 강해질 수 있을 것만 같다

인간의 스물세 살이라고 허공에 중얼거려 보는 시간
그건 분명
짐승의 스물두 살을 생각해도 같은
계보로 상상되는데
스물세 살인 너의 허리에 고개를 파묻고 심장이 터질
듯 웃어 보면
너는 네 스물두 살의 계보가 아닌 것같이
뜨거워서 잠이 쏟아지고

너의 유년은 네 계보가 아닌 것
같고
계보가 아니라면 계절일까
혜린아 너는 어느 행성의 계절일까를 생각하는데

문득
악기 소리가 화기 소리로 들려오는 행성과
목소리는 아무리 멀리서 들어도 목소리인 행성이
같은 하나의 행성이라는 사실이

녹아내려 가는 체리 향 아이스크림처럼 되돌아가며 상
기된다

그런 기억은 왜 이렇게 독한 것인지 항암제보다도
각성제보다도

마음이라는 어느점이
괴담에서 계단으로 계단에서 제단으로
하강하는 일은

괴담도 계단도 제단도 존재하지 않는 세계에서
얼마만큼의 시간이 걸려야 추동되는 걸까

등 뒤가 서늘해져 오는 건
죽지 않아도 시신의 냉기를 가질 만큼 너무나도
생명력이 지독한 사람과 사랑에 푹 빠져 버리는 기분
이고
생명이 있는 것처럼
생명만 있는 것처럼
조심조심

조심조심

그런데

프롤로그와
에필로그와 주석과 발문들이 이끼처럼 돋아나도
끝끝내 사람만은 어디에도 나타나지 않는다면
이건 영원히 괴담으로 남을 것 같아

결말은 있지만 영원한 이야기
그런 이야기의 주인공처럼 네가 들려주는 음성은
숨이 끊어지는 소리까지도 윤문되어 울려 나갔다

서령아, 귀신도 아닌데 귀신의 질료를 가진 것들이 사
방에 많아
천사보다 아름다운 것들이 이 땅에는 넘쳐나는데
천사만 없다는 사실이
나를 공포에 질리게 해 서령아

정말로 공포에 대해 생각하면

그다음엔 절망하기에도 어색하고
간절해지기에는 더욱더 어색하고

아무런 불순물 없이 홀로 남은 공포의 주인은
얼마나 아리따울까
내가 오로지 나의 공포만을 원형으로 가진다면
오로지 나의 애정만을 원본으로 가진다면
나는 얼마나 눈이 부시도록
아름다울까

찢어진 클루미는 펄럭이고
너와 난 자동차 본네트에 걸터앉아 괴담을 주고받았다

워크맨이 툭
하고 꺼지는 소리에 우리가
마음이 뒤바뀌어 버릴 듯 화들짝 놀란다
본네트는 흔들리지 않고
본네트는 찌그러지지 않고
그림으로 그려 본다면
귀신보다

사람보다 위협적인 것을
그려 넣어야 할 것이라고 상상되었다

서로를 과녁처럼 너무 오래 바라보던 중이어서
누군가 오래오래 목을 조른 것같이
목이 시큼했다

그건
내 목이 나도 모르게
혼자서 꾸는 꿈이라고 믿었다

전망이 감염돼 오는 방

너는 네 심장의 주인일까

이런 서문으로 시작되는 경전을 읽다가 덮었다
창문을 열어야겠다고 생각했다

수술 자국처럼 열리지 않는 아치형 창을 잡아당겼다

알고 싶었지
입술이 파르르르 떨릴 만큼 태양이 뜨겁다는 걸

악마가 되고 싶구나
깃털로 엮어 만든 뼈를 가진 소년의 뒷모습에만
잡아끌리는

파충류의 그림자를 가진 너는 가시덩굴을 작은 물고기
같이 키운다
생(生)이라는 이름의 시체가 썩어 가도
너의 팔목 위로 피어오르는
아몬드 향을 지울 수는 없었던 거야

들리지 않는 맥박 소리를 들려주면
눈먼 새가 날지도 않고 따라온다는 문장
믿을 것 같았다

소리 없이 주저앉아
머리 위에서 흘러가는 각주로 울고 싶을 만큼

어여쁘고 강인한 아가씨야 바다 위에서
세이렌의 노래에 홀리지 않고 살아남았던 단 한 명은
세이렌 자신뿐이라는 걸 알고 있니?
세상에서 가장 눈부신 성대를 갖고
청력을 잃으면
지상에 살아 움직이는 모든 인간이 나였네

삶이라는 바퀴
플라스틱 폭탄을 한가득 싣고
뒤를 향해서만 달려가는 이 바퀴
이것은 달링에게 어울리지 않아

가시들이 음치의 노래처럼 솟아 가는 어항을

찢어진 비단으로 덮어 주어도 너는

하얀 웨딩드레스의 신부를 데리고 횡단하는 노인처럼
나의 그림자를 끌며 서성여도

인간이라는 단어는 고작
비천한 신의 또 다른 표현일 뿐이었네요

맥박을 사랑하는 새
우리의 육체는 끊임없이 우리를 향해 속삭이는 중이라
얼굴도 모르는 나를 내가
가장 사랑하는 것이라고

초록빛 눈물을 상상하며
눈물을 흘리는 속도로 자라는 가시덩굴 속에서
웃고 있었다

나는 열병이란다 들어주겠니?
내가 죽여 온 것들이 나보다 더 지독하다

웃음소리를 거꾸로 재생시키며

땅속처럼 차가운 빛 속에서
웃었다

시크릿 시거렛 스크럼

나에게는 나를 사랑하지 않는 아이가 한 명 있지.

사랑 빼고 무엇이든 다 주네

아니? 미궁이 우울처럼 우리에게로 누설되어 오는 일

나를 사랑해 주지 않는 아이가 있어. 그 애의 빨간색 짚
업이 자주 흘러내리지.

오른쪽 어깨에서.

나는 너의 어깨를 가려 주며, 가방도 들려 주며 머리도
넘겨 주며

재해는 은혜라고 생각해?

내 것 아닌 것들이 내게로 돌아오는 유일한 시간이니
까?

스크린도어 너머에서 지하철은 달려가는 중이고

이번 열차는 우리 역을 통과하는 열차입니다.

승객 여러분께서는 다음 열차를 이용하시기 바랍니다.

너는 고개를 숙이고 나는 쳐들며 그 소리를 들어

몸 밖에서 찾을 수 없는 음성을 듣고 있으면 마치

귀가 아니라 늑골로 듣는 것 같은 기분이 들었어.

승객 여러분

여러분

저 목소리를 녹음하던 사람은 지금 뭘 하고 있을까. 이

불을 덮고 있을까?

베개도 베고 있을까? 끌어안고 있을까?

이불 속을 응시하고 있다면

그녀의 시야에 들어오는 이불의 주름은 어떤 문양일까.

여러분

승객 여러분

승객이라는 단어 참 멀리도 뻗어 가지. 당신이라는 말보다 정원사, 조종수, 스파이 같은 말과 더 밀접하게 들려오는 저것.

승객이 승객을 향해 당신이라고 부르면 상상도 못 할 욕이 날아들고,

나는 당신의 어깨를 가려 주며, 손 위에 텀블러도 들려주며 당신의 무릎도 털어 주며

카메라는 네가 꺼낼 수 있지?

누구의 얼굴이든 오랫동안 쳐다보고 있을수록 내가 없는 세계의 그를 보는 것 같았어.

마음보다 밀랍으로 더 무서운 표정을 만들어 줄 수 있지.

그 애가 카메라를 들고 천장을 찍어.

마치 거꾸로 발사된 총에 맞은 것처럼 창백해져 가는

얼굴로

펑

펑

셔터 소리가 한 번 날 때마다 내 얼굴에 총알 자국이 생겨나고

물소 한 마리가 역내를 지나가네. 물소에게선 나의 냄새가 나.

스무 살인 채로 태내를 열며 걸어 나온 나의 냄새가

얼굴에서 총알 자국이 하나씩 사라질 때마다 물소가 한 뼘씩 지워져 가.

물소가 한 뼘씩 지워져 갈 때마다 너는 손끝부터 검은 물소가 되어 가는데

내 옆에는 나를 사랑하지 않는 아이가 있지.

사랑 빼고 전부 이리로 던져.

'나는 여기 있어. 한 발자국씩만 더'

낯선 구강으로 발음할 수 있는 이야기 중 가장 아름다운 이야기라고 생각된다면

시크릿 시거렛 스크럼

스크린도어 같은 것이 없었던 세계

열차가 지나가면서 우리를 우리들의 머리칼처럼 날려

보내던

그 세계로부터 살아남아 온 사람들의 이야기가 나의 이야기라고 생각된다면

나의 이야기가

내 국적의 이야기라고 믿는다면

1과 1이 11이 아니게 하는 거리는 몇 센티부터 시작되는가

지금 죽어 가는 사람과 방금 살아남은 사람이 그 거리를 두고 서면

어떤 놀이부터 하게 되는가

미처 정의하지 못한 채로

이 영토는 커져 가

알았던 적 있었어? 미궁이 우리에게로 누설되어 오는 일.

그럼 우리가 미궁을 향해 누설되어 가는 일도 알고 있어?

승객 여러분 승객 여러분

너의 척추가 떨리며
방송이 전파되어 나가

이 목소리가 녹음되던 방음실이 몸으로 태어나도
사람보다 외롭지 않을 거라고 굳게 믿는다

캠퍼스 커플

식당에 마주 앉아
소마(soma) 같은 학식을 함께 삼키고 있자면
우리가 사람이라는 사실조차 비밀이었어

언어를 빼앗기고 목소리를 얻은 것처럼
정신없게 떠들고 또 떠들었지

횡단보도를 사이에 두고 서로에게
잘린 손목 같은 손목을 흔들어 대면서
산목숨으로 애도(哀悼)를 선사받는 게
어떤 기분인지 느껴 보고 싶었던 시절들

복사되고 또 복사되듯이
늙어 가듯이
비가 너무 자주 쏟아졌어
세상이 온통 물의 무덤인 것처럼

이미 알고 있었던 거야
몸속에는 혈액보다 그늘이 더 많다는 걸

누군가의 무덤을 빌려서 숨 쉬고 사는 일이라는 게
종종 너무 힘에 겨워서
정지된 안개 같은 캠퍼스 건물 속에 이 몸들을 억류해
두고

저수지 밑에 잠긴 호텔처럼
푸르러지며

유빙되는 어깨
유빙되는 어깨

목덜미를 맞붙이고 속삭여도
비문으로 들리는 이야기를
서로의 지워진 아가미 속에
넣어 줬지

삶이
겨우 하루 치의 모양을 가지고 있을 뿐이라는 걸 깨달
을 때까지
불 꺼진 강의실에서 펑펑

웃음소리가 폭죽 소리로 변할 때까지 터뜨리고 또 터뜨리며

사랑해요 그대
나의 가면이 되어 주세요
그대 사랑해요
가면이 되어 주세요

더빙되었어

폭풍의 언덕

거둬 갈 어둠밖에 남지 않은 밤
너는 창문을 두드리고 나는 문 뒤를 지킨다

열어 줘
네가 보여

가슴 속에서 심장 대신 죽은 물고기가 박동하고 있었다
하나
하나
셋
책장의 책들이 한꺼번에 쏟아져 바닥에 펼쳐진다
두 손을 기도의 자세로 모아 보니 그 틈새가 충분히 몸
속 같았다

조심해서 들어와
신호를 주지 않아도

오리엔탈식 서랍장을 바닥에서 뽑아 창문을 향해 던진
다
너는 없다

나는 현관문의 잠금을 풀고 있는 내 손등을 본다
네가 손등으로 문을 밀어 연다

바닥에 펼쳐진 책들이 땅을 뚫고 엉망으로 자라나는 식
물들처럼 펄럭이고
바람이 바람을 만드는 밤
페이지들처럼 우리는 할 일이 없겠다

창문들 하나둘 마저 깨지기 시작한다
네가 연 문이 저절로 닫힌다
한 채도 남지 않고 모두 깨진다

네가

네가…….

새가 된 새 인형이 다시 인형으로 돌아가듯
너는 열었던 입을 다시 닫네

네가 어디에 있는지 찾아내고 싶지 않았어. 학교에 있
는지, 공항에 있는지, 바에 있는지, 길거리에, 길거리라고
부를 수도 없는 곳에, 차에, 트럭에, 공장에, 숲속에. 너를
허구의 인물이라고 도저히 생각할 수가 없어서, 네가 있을
만한 모든 곳을 허구라고 생각하면서 83시간 보냈어. 이
제 84시간이 되어 가. 1초, 2초, 3초……. 여기는 어디야?
여기는 네 집이니? 내가 그걸 어떻게 믿니?

네가 없는 창밖을 아직 깨지지 않은 불투명 창문으로
반만 덮는다
조금 더 덮는다
밤을 아무리 오려 내고 오려 내도
어둠과 같은 종을 분만할 수 없었다

나는 부엌으로 가
언제 끓였는지 기억나지 않는 카모마일 차를 다시 끓이
다가 연기에 눈을 감는다

너는 신발을 벗다가 넘어지고
신발이 벗겨진다

책장들이 동쪽과 서쪽으로 펄럭이다가 서쪽으로 펄럭
인다

바람이 이렇게나 불었었나
하나도 차지 않은 바람이구나

누구도 할 만한 말이 아니었다

나는 신발을 정리하러 신발장으로
너는 카모마일 냄새를 따라 부엌으로
한 권의 책도 밟지 않으려고 걸었다

우리에게 남은 것들이 겨우 그 정도

시야가 너무 오래 암전되고
피를 가져 본 적 없는 뼈처럼 거실은 무채색이 된다

생체가 된 기계가 다시 기계로 돌아가듯
우리는 가까스로 삐걱대는 소파에 마주 앉는다

소파 다리가 주저앉고 천장의 조명들이 떨어져 부서진
다

이 집은 내가 지었어.

벽과 천장 틈새들로부터 사람의 팔다리 모양을 한 원목
들이
웃음소리를 내며 뚫고 자라나는데

그런데 여기가 어디인지 너무 오래전이라 기억이 나질
않아. 집이 풍경의 방식으로 썩어 가.
학교에, 공항에, 바에, 길거리에, 길거리라고 부를 수도
없는 곳에, 차에, 트럭에, 공장에, 숲속에

네가 내 주머니에서 커다란 유리 조각 하나를 꺼내
내 이마를 겨눈다

오늘은 이것으로
내일은 무엇으로든 사랑할게

자세히 들어 보니 웃음소리의 주인은 너였다

네 가슴과
내 가슴의 질감이 뒤바뀌고
다리에 서로의 다리를 휘감는다

암전된 시야와 암전을 보는 시야가 밤과 함께 뒤엉켜
아무것도 떠나가지 못했다

너는 모른다
너는 모른다 저승에서조차
인간이기를 영원히 기다리는 시간에 대해

러브 이즈 저스트 드림

그믐달 빛나네
신생아를 휘감는 요의의 색으로

너를 태운 그네가 내 목을 향해 치명적으로 날아들고
네 품에 안겨 있는
몰락해 가는 도시처럼 활활 타오르는 초들이 박힌 케
이크

케이크의 표면을 부수며 쏟아져 나오는
성인이 되어 버린 너
물처럼
성별도 성격도 소거된 혐오스럽게 아리따운

그네 위에 앉은 너는 그네와 함께 바스러지고

케이크 부스러기들을 잔뜩 뒤집어쓴 네가 일어나
내 셔츠를 벗겨 몸에 걸친다

너무 크고 펄럭이는 분홍빛 셔츠가
소스라치도록 잘 어울리는 너에게

주, 꿈속에서 세르지오 레오네를 만났어

누군가 자기 영화를 개무시해도 따귀를 후려치거나 멱살 잡지는 말라고 그랬어

할 말이 없어서 울었어, 아니 그냥 웃는 법이 기억 안 나서 울었어

그런데 그 꿈을 꾸기 전에 꿨던 모든 과거의 꿈들을

내가 레오네에게 미래의 일인 것처럼 예언해서 들려주고 있었어

그 꿈들 안에 레오네도 있었어 네 번이나 있었어 하지만

레오네는 나를 처음 본다고 그랬어 안녕이라는 말이

안녕이라는 말이 인사가 아니라 약속이 됐어

어떻게 그럴 수가 있어?

어떻게 그런 일이 있을 수가 있어?

너는 새끼손가락으로 내 옆구리를 찌르고 또 찌르며

소리 없이 입 모양으로 내 이름을 부른다

예나 세리 진주 스웰라 주리 희수 류나코

잠들지 않고 꾸는 꿈

호흡기관 없이 뿜는 숨

귓속에 대고 뻥긋거리면
입 모양조차 보이지 않았다

저 뒤에서 부서진 케이크는 불타는 중이고
내 등 뒤로 벗겨져 있던 셔츠가 다시 자라나 이 몸을
덮친다

셔츠에서는 케이크 향이 나는 것 같고

예나야, 이제는 정말 이상하지 않니?

응, 이제는 정말 이상하지 않아

식물들이 사람 대신 미쳐 버리는 시간
그런 시간이 존재하는 별에 아주 오래전 우리 착륙했지

십 초만 자라났다가 시들어 버리는 들꽃의 이름에
증오하는 사람의 이름을 붙여 주면

47

당장 내 척추 위에
너의 손등 위에 그것들은 만개하여 피어날 것만 같고

십 초라는 시간은
총알이 뚫고 지나간 짐승조차
지치게 할 수 없으니

미친다는 말이
지친다는 말로 바뀌어 내 가슴속을 울리며 타고 내려
가면
우리의 신장은 어느새 한 뼘이 더 자라 있고

너는 네 키를 감당하지 못해 흔들거리며
달빛 아래를 휘청휘청 거닐고 다녔다

류나코 희수 주리 스웰라 진주 세리 예나

내가 찰나에 죽어 버리면
사람들이 가장 먼저 불러 볼 것 같은 이름 순서대로 열
거해 가며

너는 내 사위로 원을 그렸지
이게 이 별의
이 영토의 처음도 마지막도 아닌 사명이라고
믿었고
또 믿었다

그래 난 사랑 같은 것도 믿어
내 주검을 내 눈으로 볼 수도 있을 거라는 믿음처럼!

예나야, 이젠 이상하지 않지?
하나도 이상하지 않지!

케이크의 불꽃이 빠르게 사그라들고
연기가 유골처럼 창백하게 솟아오른다

달빛은 빛난다
부패하지 않은 채 죽어 가는 이의 피부색으로

너는 발걸음을 멈추고

늙어 버린다
제법 천천히
손에 들려 있는 먼지투성이 스탠딩 마이크를 흔든다

피투성이 야구 배트와 쇠파이프와 총과 삽을 든 사람들
이
사방에서 너를 주시하며 서 있다

여러분
나는 곧 갑니다
곧

관료들의 피 냄새가 진동하며 모두가 너를 뒤따라 걷는
다

냄새를 줄줄이 이끌고 가며 너는 작동되지 않는 마이
크에 대고
노래 부른다

Love is just dream

Love is just drome……

제2부

이곳은 사슴의 멀미 속일 뿐이니

봄날의 서스펜스

나무 속에서 전화벨 소리가 들려

네가 속삭이며 나를 흔들어 깨웠다
나는 나무에 기대앉아 꿈을 꾸는 중이었고
너는 내 무릎에 누운 채로 깨어 있었다

내 꿈이 전염된 거라고 믿어 보자

등 뒤의 나무를 올려다보며 얘기해 주었지
네 표정을 바라보지 않아도
나무를 보려고 턱을 당기면
저절로 너의 표정이 만들어지고 있는데

이곳에서 밤이 태어나고
저 멀리서 밤이 늙어 가고 있었다
우리가 모르는 우리의 기관부터 어두워지기 시작했다
모르는 번호가 찍혀 오는 화면이
전화기의 원종(原種)이듯이

우리를 본다는 것과

우리 중 누군가를 본다는 건
얼마나 먼 종의 일일까

'꿈속에서 나무를 봤어?'
따옴표가 붙은 것처럼 나는 너의 질문을 듣지 못하고

빗방울이 마침표처럼 떨어지기 시작하며 폭우가 왔다
우리는 우리를 싣고 가는 것이 맥박인지
숨인지
심박인지 빗소리인지 돌이켜 보며 말을 멈췄다

빗소리는 땅에서 나는 소리인데
왜 모두가 저 소리를 들으려고
하늘부터 올려다볼까

맥박과 숨과 심박과
빗소리가 점차 섞이면서
어류의 운율로 된 의문을 뽑아내고 있었고
사위가 녹음기 속으로 빨려 들어간 것처럼 캄캄했다

네가 내 무릎을 짚고 일어난다
청바지 주머니 속으로부터 손거울이 떨어진다
나뭇가지들 사이로 여과되어 떨어지는 빗방울들이
너의 얼굴로 떨어지다가
다시 머리로 떨어진다

근데
여기가 어디야?

여기가 어디냐고?

질문들이 모두
손바닥보다 작은 거울 속에서만 울려 퍼졌다

얘, 내가 그랬지
저 나무에서 전화벨 소리가 들렸다니깐
그래서 네가 뭐라고 대답했어?

무슨 대답?

꿈이 꿈속으로 다 돌아가기 전에
너는 내 팔을 잡아당겨 하얀 팔뚝 위에
명령문의 어조로 질문을 썼지

'꿈속에서 나무를 봤니?'

'아니
내가 나무였어'

답변했지만

어느새 비가 그쳤고
소나기였다는 것을 우리가 알아차렸다

전화벨 소리가 들려
죽은 나무 속에서

네가 중얼거리며 나를 흔들어 깨우고 있었다

내 꿈이 옮아간 거라고 생각해 보자

58

너를 고대처럼 사랑하고 싶어서

이름을 묻지 않고

또 잠이 들었다

물과 민율

비자나무 기타를 멘 채 우리 둘은
물 밑에 가라앉은 아케이드를 감상하고 있었다

물속에 잠겨 있는 아케이드는 너무 아름다워서
그것을 물이라고
대신 불러야 할 것 같았네

수면 위로 쓰레기들이 부유하는 중이었고
쓰레기들의 흔들림을 따라 우리는 숨을 쉬었고
귀를 막고 숨소리를 물에게 빌려주면
물의 숨소리가
숨소리가

멀었다가 회복되어 돌아오는 시력처럼
우리들의 가슴속으로 되돌아왔다
튕기지 않아도 기타는
연주되는 중이다

시력을 버리고 싶어지는 정오다

시력이라는 밀물은 얼마나 끔찍한지
천 발의 화약들을 쏘아 올리고 그 가운데 누워서
구구절절 명료하게
소리칠 수 있는 사람이
있을까?

민율 너는 기타 목을 벤 채 묻고 있었지

지난밤의 암흑 속에서
암흑 속의 눈부신 채팅창에서 누군가 그랬다

이 빌어먹을 기타 좀 이제 버리러 가자고
그게 그런데 누구였더라
귀신의 맥박 소리처럼 기억에 없다

민율아, 공시 시험장에서 첫눈에 반해 버린 갈색 머리
언니가

사실은 너와 난 계속 같은 시험장이었어
옛날엔 네가 스물하나였니? 나한테 반하기 전까지

넌 날 못 봤겠지만
네가 나를 보기 전에 내가 먼저 반했다는 거
모르지
그런데 이 마음을 열면
폭탄일지 폭죽일지 나도 알지 못해

하고 속삭여 주던 그 말을 듣고 헐레벌떡
뒷걸음치고 또 치다가 그 핑계로
공시 깨끗하게 포기해 버리고 온 내 사랑하는 스물여섯
친구 민율아

암흑 속의 채팅창에서 지난밤 누군가 그랬다

이 징그러운 기타 좀 이제 버리러 가자고
근데 대체 그게 누구였냐고

작업표시줄이 수챗구멍처럼 채팅창을 빨아들이고
시험 응시 취소 화면이 눈꺼풀 속처럼 검은 어둠 속에서
빛나고 또 빛났지

하얀 컴퓨터 주위를 빙글빙글 돌면서

5년 동안 찢어져 온 마음을 곤충의 온기로 복습하는 동
안

get rid of that nasty and annoying guitar

nasty and annoying

nasty

인간의 냉기로 태어나며 외면되는 하룻밤 치의 대화를

내 기억까지 동반으로 점차 점차 잊어 주다니

너는 마치 하나님과 짐승의 혼종인 것처럼

내게 언제나 사랑스러웠구나

수몰된 아케이드를 감상했네

물속의 아케이드를

아케이드가 너무 아름다워서

물처럼 빠져 죽을 수도 있을 것만 같았지

물이 우리에게 시력을 되돌려주고

팔다리를 되돌려주었지만

민율과 나는 아직도 기억을 못 해
누가 기타를 버리러 가자고 했는지

그래
마치 우린 전염병에 감염된 것 같아
천사로부터

미래를 잠깐만 떠올려도 현기증이 피어나는 것 같은데
과거를 거꾸로 되짚으면 왜
조금도 피곤하지 않을까

이런 건 어때?
스물여섯에서
스물일곱으로의 환생
스물일곱에서
스물여덟으로의
환생

그러나 숨소리처럼 하나도 궁금하지 않다는 게
정교한 흉기처럼 너를 이해하게 만든다

고장 난 오르골 위의 발레리나 같은 포즈로
아케이드를 향해 뛰어들 준비를 하는
너를

공시생 민율아
이 이름이 이제 너무 싫겠지만

홈페이지 화면도 변해 가고
시험장의 계절도 변해 가고

빛에도 역사가 있고
역사가 지워진 빛은
세상이 되고

우리 다시 돌아가면
아직도 불 꺼진 방 안의 컴퓨터 주위를
돌고 있을 거니?

너는 자라네

빛으로 크고
어둠으로 살찌고

꽃들은 자살하고

너는 자라네
빛으로 어둠으로 너는 자라고
나 홀로 여기에서
여기에서 나 홀로 춤추고 있네
나 혼자 남아
밀려드는 시력으로
홀로 여기에서 춤추네

진공누각(眞空樓閣)

벚꽃이 피지 않는 벚꽃나무 숲에서 지난해
불상의 눈에 박힌 칼을 보고 있었다
폭설이 내리고 있었고
눈송이들이 나무 없이 홀로 피어나는 벚꽃처럼 지상을
향해 낙하하고 있었다

말이 없었다 그대는 한 글자도 말이 없었다
가축이 서서히 살쪄 가는 시간처럼 소리가 없었다
불상으로 다가가고 있었다 그대가
이 세계에서 처음 보는 모양으로 내 손에 뒤엉켜 있던
그대의 손을 놓아 드렸다

다가가는 것은 그대인데
유동하는 것은 그대인데
불상의 머리보다 그대의 하얀 두 뺨이 더 눈부시게 빛
나고 있었다
움직이는 것은 그대인데
불상의 없는 심장이 내 눈을 뚫고 내 안으로 들어와

홍강 속에 기생하였다

그대여
무엇을 두려워하는가
한낮의 곤충처럼 떨지 말라
사람의 파동으로 떨지 말라
이곳은 사슴의 멀미 속일 뿐이니
사람의 체온으로 흔들리지 말지어다

그대가 내게 속삭여 주었다
불상의 눈에 박힌 칼을 만지며
나로부터 다섯 리는 떨어져 있던 그대가
속삭이는 목소리로 이쪽에 말하고 있었다

지난밤
불상의 눈에 박힌 단도를 보고 있었다
나의 뼈가 현처럼 울리고 있었고 너무 아파서
눈물이 먹처럼 흘렀다

지난해를 지난밤이라고 말하기 위해서는 이 살갗 아래
얼마나 많은 피를 가져야만 하는지 물을

귀가 없었다
이승은 耳 없는 聽力이었다
나, 이곳에 내려오고 또 내려왔다

그대가 불상의 눈에 박힌 단도를 잡아당겼다
단도가 뽑히지 않고 불상의 머리가 떨어졌다
한쪽 눈 잃은 불상의 머리를 들고 불상의 냉기처럼 그
대가 내게 다가오고 있었다

혼의 마음을 생각하는 일보다 냉기의 움직임을 생각하
는 게
더 가혹하다는 걸 나의 귀신이 나 대신 깨닫고 있는 시
절이었다

그대가 불상의 냉기처럼 내게 다가와
이 몸의 온기처럼 나를 지나쳐 갔다

눈발이 그치지 않았다
이승이
그치질 않았다

나를 지나쳐 가는 그대를 향해 목을 꺾었다
그대를 보기 위해 목을 꺾었다
상상조차 해 본 적 없던 나의 자궁이 목 안에서 아파 오
는 기분이었다

그대 내 뒤에서 걸어가고 있었다
끝없는 길을
완전한 끝을 향해 가는 발걸음으로
눈밭 위로 범의 발자국이 찍히고 있었다

점이 될 때까지 걸어가고 있었다
독살된 자의 목에 뚫린 구멍처럼
보이지도 만져지지도 않을 때까지

나 이 지옥을 극락으로 살리라
나 이 지옥을 극락으로 살아가리라

그대의 목소리가 내게로 옮아 와도
목소리가 아닌 혈액이 되어 피부 아래 흘렀다

지난밤
불상이 내 한쪽 눈에 단도를 찔러 넣었다

얼굴에서 쏟아져 내린 피가
땅 위에서 들풀의 형상으로 응고되어 갔다

벚꽃이 눈송이들처럼
나무 없이 어디선가 자라나고 있는
밤이었다

그대의 빛나는 손을 놓아 드렸다
저승에서 본 적 없는 형태로 꺾인 채
내 손을 쥐고 있는

소라의 마음

소라는 노래 부르지 않는 가수지.

사계절이 마지막으로 존재하던 해에 1집을 내고 가을 하나만 남던 해부터 마이크 잡지 않았다.

1집의 제목은 그녀풍의 9집.

소라야 노래 다시 할 생각은 없었던 거지? 세상은 무서운 곳이야. 움직이고 만져지는 것들은 모두 협박처럼 살아 숨 쉬네. 여기는 가시 류망동.

누군가 주소지를 물어 오면 가시가 아니라 가 시라고 말하는 법을 깜빡 잊곤 하지.

너는 아직도 보고 있잖아. 류망동의 건물들은 엉망진창 녹아 버리는 초처럼 하얗다. 하얀 못을 하나 둘 셋쯤 박으면서 뛰어다녀도 아무도 우리를 때리러 오지 않을 만큼 하얀 곳이었다.

내가 무서워하던 동쪽의 골목을 너의 허리춤에 붙여 걷고 또 걷다 보면 사막이 나오잖아. 사막에는 지평선이 있고

텅 빈 가슴속과 고막 속에서 계절은 사계절에서 두 계절이 되어 가고

이 반도에는 단 하나의 지평선이 있네.

소라야. 시신을 유기하는 시간처럼

긴박하게 준비하는 네 첫 노래집이

듣지도 않았는데 벌써 서슬 퍼렇다.

그러고 떠나 버리지 마. 내가 노래야. 노래를 떠나는 건

나를 떠나는 일이지만……

네가 그네의 기원보다 오래된

그네에 앉아 나를 기다려 줬으면 좋겠어. 류망동 놀이

터

흔들흔들 지쳐 버린 사슬과 몰골로

쓰다 만 가사들과

문법이 엉망진창으로 꼬이고 또 꼬인

논문들을 가득 녹음한 워크맨을 들으면서

모국어가 모국에서 타국어가 되는 시간을 기다리며

가시 가시 가시 연습하며

왼손으로 오른손을 붙잡고 울어 버리기도 할 테지

가시 가시

류망 류망 류망동

그래서 네 1집의 첫 곡이 가시가 될 뻔했지만

9집을 낼 시간만큼 더러워지다가 선보이게 될 1집이라

—

너는 류망동보다 하얀 세면대로 달려가 얼굴을 찢어지도
록 씻고 또 씻겠지만
　거울에 정수리를 찍어 버리겠지만
　이건 사람이 아니라 가시의 이야기 같아
　가시의 성장기, 가시의 유년
　그리고 떠나 버리지 마. 나는 소음이야.
　네 노래도 소음이야. 소음을 떠나는 건

　할 말이 떠오르지 않았지.
　배운 적도 없던 수화가 갑자기 떠오르는 순간처럼.

　너 말이 나온 김에 얘기하는데, 나한테 더 이상
　뛰어내리려 하지 마. 이건 내 노래야.
　이건 내 실패야.
　이건 나 소라의 패배야.
　내 심장은 아스팔트고
　이리로 뛰어내리면
　할 말이 없다

—　금방 부러질 깃발처럼

졸고 있는 소라야 네가 너무 사랑스러워서
너의 따분함이 될 수 있을 만큼만 마음을
소생시키고 싶던 적이 있었어.

지평선이 우리 둘의 각막처럼 시큼하게 빛나겠지.
마이크에 잘못 들어간 너의 기침 소리 속에서.

가끔은 사람 같은 것의 마음이 되기도 하겠지

네가 못 견디도록 나의 소라라서
소라 속의 소라를 불태우면 재 속에서 불거져 나오는
또 소라라서
소라야
너의 삶이 누군가의 태몽은 아닐까
믿은 적이 있었어

울리 리모네크

이 세상은 지상과 천국의 교배종이라고 배웠다

오늘 검은색 풍선들이 저 하늘을 뒤덮으며 흘러가고
울리야
오른쪽 손목의 동맥 속에 너는 전부 밀어 넣지
온 마음을
조금 더 많이 놀라고 싶어서

풍선들의 표면에는 리모네크라는 글자가 새겨져 있고
리모네크
리모네크

세상의 모든 표피들이 무엇인가의 내피였던 시간들
우리는 그 단어를 이렇게 해석한다

물도 너무 오랜 세월을 살면 척추가 돋아날 거라는 믿음
대신
너를 사랑할 거라는 믿음만 가지고 싶어
라는 말은 오싹하지만

울리야 오직 너의 미호가

가짜 문을 뜯는 것 같은 소리를 내며 교실 앞문을 열고

상처 하나 없이 새파란 맨발로 걸어 들어오는 걸 본 날

너 깨달았어

손잡이 없는 대검처럼 다시는 서로를

쉽게 만질 수 없겠구나

팅그르르 팅그르르

발로 치이는 소리밖에는 들려줄 수 없겠구나

너 정확히 알게 된 날

울리 네가 푸른 전원(田園) 사이로 걸어오며

콧속이 아프도록 울고 있었을 때

머릿속에 산양의 얼굴을 집어넣고

산양이 대신 흘려 주는 눈물을 눈꺼풀 사이로

쏟아 보내던 유월 십칠 일에

생일 축하해 난 집에 갈래

그날 하루의 처음이자 마지막 말을 꺼내고

집의 반대 방향으로 걸어갔지

어디까지 더 진화해 볼 수 있을까 우리
울음소리도 말로 들려올 수 있는 미래를 기다리며
이 세상의 어른들과 어른들의 어른들은 성장만을 가르
치고
진화는 가르쳐 주지 않아

울음이 먼저 태어나고
그 위로 우는 사람이 자라나고
우는 사람 위로 무엇이
조명탄이 비추는 무기의 빛들처럼 눈부신 것이
솟아나길 기원하고 있으면

그사이에 네가
반대 방향을 돌고 돌아
몇 번이나 집 앞에 무사히 도착하고 또 도착하게 될지
그러다 보면

울리가 나보다 더 먼저 떠올리고
또 빠르게 까먹어 버릴지 알고 싶었다
공포라는 말은 노래의 제목으로

먼저 태어나지 않았을까 하는 추론을

얼굴은 이미 아득한 하나의 관통상이었기에
얼굴에는 상처를 내선 안 된다고 모두가 외치는
이 행성에서
상처란 생겨나는 것이 아닌
고작 없어지는 것에 불과하다고
아무도 속삭여 주지 않는 이 모래 위에서

너는 매번 얼굴이 소거될 만큼 먼 곳에서만 나를 챙겨
주었다
나의 생일, 수술, 졸업, 성년
그리고 집으로 갔다
너라는 상처가 자꾸만 사라지는 시절에도
그다음 시절이 초록빛으로 쏟아져 스며드는 물약의 냄
새처럼
밀려들어 왔지만

내 이름은 울리
숨어 버릴 수 있다면

—　나를 찾고 싶어 하는 사람이 모두 죽고 난 뒤에도 숨어
있고 싶어
　캔버스화로 찍은 발자국
　대각선으로 그어진 볼펜 자국투성이의 문제집도
　남기지 않고 나를 감춰 버렸을 때 나 울리의 삶이
　지금 막 인쇄된 백색의 폴라로이드 필름이라면
　그 위에 영영 아무것도 현상되어 나타나지 않기를
　인류가 모두 사라지고
　사라진 인류를 기억하는 자들도 모두 사라지고
　수천 번의 개체들이 멸종하고 또 탄생하고 다시 멸종하
는 동안에도 영영
　아무것도

　풍선들은 끝없이 저기 저 위를 저기 저 아래처럼 지나
가고
　리모네크 하나
　리모네크 둘
　두 개의 사육장처럼 나란히 서 있는 오늘 우리

　—　울리 너는 오른쪽 손목의 동맥 속에

기분과
기분의 기분들을 전부 다 밀어 넣는다
조금 더
조금만 더 압도되려고

너의 눈과 귀가 시들어 버리자
풍선들이 일제히 불타올라 사라진다

살아 볼 거야
터져 오르며 머리 위를 덮쳐 오는 오색 빛깔 폭죽들과
날아드는 차가운 케이크로도
감춰지지 않는 이 얼굴을 들고서라도

난 집에 갈래
축하해

울리 리모네크
울리 리모네크
울리야
하루가 유년보다 길고

유년이 이생보다 길었구나

슬픔의 단서만으로 영해 하나를 건널 수 있는 날들이
어서
진짜 슬픔이 이렇게 사람처럼 방문해도
우리는 귀신이었네

너희들의 여주

세계에서 비가 사라지는 날
사람들은 말하겠지
비가 그쳤다고

식물의 악몽을 파내 이런 생각을 채워 넣어 주고 있었
을 때
그 애를 봤지
교복 입은 아이들 사이에서 공기조차 건드리지 못하던
교복 입은 그 애가
너를 건드려 왔어

비가 그치셨다고

너는 지금도 외우고 있네
회갈색 머리핀이 차도로 튀어 나가 버릴 정도로
네 머리를 감싸고 흔들다가 차도로 튀어 나가 버리는
그 애가
소녀에서 여자로

여자에서 사람으로, 사령으로 흐릿해져 가는 거리가 몇

미터였는지

비는 내리고
베이비 베이비 어떻게 수압까지 견디면서 좋아하니 좋
아 죽니

이 비 그치면 선생님하고 여주 가자
내 차가 떠내려가는 무덤처럼 달려갈 테야

그 애가 담긴 거울 속에 담긴 네 눈 속의
너와 비를 보며 네가 들려준 얘기는

물고기가 눈물을 삼키는 소리의 오역처럼 들렸지만

시간이 없다고 생각했어
어떤 사랑은 사랑의 주인을 토템으로 거쳐 날개가 자라
나고
발톱도 자라나고
어깨와 가슴도

선생님

저를 여주에서 품으시죠

선생님이 가르쳐 주신 이런 스토리텔링은 정말 끔찍했지만

그래도 당신은 저의 좋은 국어였어요

국어 선생님은 아니었어요

당신은 알지? 악몽이야

무덤이 곧 불타 버릴 자동차처럼 달려가겠지

사방에서 푸른 못들이 버섯처럼 자라나고

나무의 껍질 속으로 새의 피가 수혈되는 소리가 고막을 찢고 들어오면

인어의 살갗과 천사의 동맥을 향해

너의 어족이 어른처럼 전염되어 들어가고 있었지

당신은 알지? 악몽이야

악몽 속에 공백이 없어

여주래 여기부터가 여주래

나를 찾을 사람은 많지만 내가 찾지 않으면 다 돼
정말 다 돼
여기서부터는 여주니까
여주 바깥에서 하고 싶던 말을 여주에서 하게 해 줄래?

선생님 저를 여주에서 품으세요
여주가 뒤집어지는 날까지 품으라는 말로 들리신다면
그대는 정말 끔찍한 국어야

너희는 알고 있었니?
어느 사랑이
사랑의 주인을 토템으로 뚫고 들어가
날개도 자라고
깃털도 자라고
붉은 내장들을 숨 막히도록 삼켜 가는지

있잖아 선생님은
선생이라는 말만큼
사람이라는 말을 제일 많이 들었어 꿈속에서
사람

사람 사람

사람이 종양처럼 커지고 또 커지면서 내 잠을 키우는데

잠이 커지는데 삶도 함께 커져

왜 내가 끝도 없이 셀 수도 없이 사랑해야 하니?

양쪽에 거울을 맞대고 끝도 없이 펼쳐지는 나라고 해서

너는 사랑할 수 있니?

그렇지만 여기는 여주지

이 세계에서 비가 사라지고 해가 뜨는 날

다시 사람들은 말할 것이다

비가

비가 그쳤다고

빗속에 너희들은 서 있다

너희들만 지운 채

너희들의

회색 자동차만

버퍼링처럼 남겨 놓고

어딘가에서 나타난 화물 트럭이 차를
깔아뭉개고 지나간다
트럭 안에 너희 둘은 올라타 있다
얘들아
눈꺼풀 위에 코를 박고 안녕

아나그노리시스 심포니

붉은색 철봉에 거꾸로 매달려
조금도 궁금하지 않다는 음성으로 너는 궁금해했다

만약에 세상에서 네가
소녀라는 이름의 소녀를 사랑한다면
그래서 소녀를 소녀라고
너의 소녀는 소녀뿐이라고
말해야 할 때
소녀가 도로를 횡단하다가
전속력으로 앞을 스쳐 지나가는 하얀 마차 때문에 화들
짝 주저앉고 말았을 때
등 뒤에 대고
소녀야
소녀야 괜찮아?
라고 외쳐야 할 때
소녀의 가슴속에 있는 너에 관한 애정이 언젠간 흔적도
없이 소멸하여서
네 곁을 떠나 버려야 할 때
마모되어 있는 단어는 소녀일까
아니면 소녀일까

라고 네가 물었을 때
그런데 앞뒤 중 어떤 소녀가 소녀의 이름일까를 사람
들이 추측한다면
어느 소녀가 더 많이 지목받게 될지

그렇지만 나는
뒤집혀 있는 네 얼굴을 똑바로 돌이켜 봐도
사람의 얼굴로 영영 돌아오지 않을 것만 같은 아득함이
계속 엄습해 오는 것은 왜일까
이런 게 그것보다는 더 궁금했는데

입 밖으로 들려주지도 않은 질문을 듣고야 말았는지
너는
두 팔로 목덜미를 감싸며 웃었지
그러다가 울었다
매달려서, 거꾸로 매달려서

거꾸로 매달려서 우니까
눈물은 머리 위로 추락하고
거꾸로 떨어지는 눈물에 네 옷도 젖지 않으니까

네가 이대로 죽어 버리면
물에 빠져 죽은 사람과는 분명 구분돼 보일 거라는 직감이
백발처럼 돋아난다

너 지금 우니?
정말로 우니?

가까이 다가가 너를 빤히 바라보며 물었는데
그럼 내가 웃는 거로 보이니?

사람의 것 같지도 않은 얼굴을 한 채 넌
나를 사람 같지도 않다는 시선으로 쳐다보며 되묻지만
내가 뭘 알겠니
눈물이 없었다면
세상에 액체라는 게 없었다면
어쩔 뻔했을까

눈물도 모으고 또 모으면
사람도 익사시킬 수 있다고 누군가 알려 주지도 않았

는데
　너무 많이 울어서 죽은 사람과 물에 빠져 죽은 사람의
얼굴이
　그래도 같지는 않을 거라는 걸
　나조차 놀랄 만큼
　직감해 버리니까

　정말로 두 뺨이 붉어지도록 다 알게 된 것 같고
　공원에서 누군가의 밀애를 처음부터 끝까지 지켜본 나
무처럼
　다 알게 된 것 같고
　사람의 몸으로 민망해지는 것만
　같고

　대기는 너를 편집시켜 철봉에서 바닥으로 내려 준다
　심장은 거꾸로 돌려놔도 심장
　혈액은 거꾸로 뒤집어도 혈액
　그런데 너는
　너는 이제 울고 있지 않네
　눈물이 있는데

눈이 없는 사람처럼 더 이상 울지를 않고

있잖아
나무는 사람의 밀회를 다 보고 들을 수 있는데
사람은 나무의 비밀을 탐구하는 데만 수백 년이 걸려

그게 부럽다면 그렇게도 부럽다면
너도 사람의 비밀을 가져
너의 비밀들을 전부 다 비우고 그 자리에
사람과 인류의 비밀을 채워

생전 처음 보는 해저 생물의
기다란 이름을 외우는 듯 너는 주절거려 주었지

매달려 있었더니 목이 너무 아파
하늘 위로 목을 꺾는 네 시선을 따라가 보면
쏟아져 내리다가 정지한 듯한 밤하늘이 보이고
너는 파묻혀 버려도 다시 걸어 나올 사람처럼
심장을 뺀 모든 것들이 강해지고
너무 강해지다가 너 자신을 죽일 것만 같고

그러니까 이제 안녕
너를 카메라 앵글처럼 못 본 척해도 이해해 줘
고마웠어
더럽게 고마웠어
네가 아니었다면
너를 통하지 않고서는
그 누구도 내 이 숨소리를, 나의 목울대가 말라서 부서져
가는 소리를
들으려 하지 않았을 테야

그래 잘 가

뒤는 한번 돌아보고 갈 거지?
과외생
동갑 같지도 않은 동갑을 가르친다는 게 얼마나 힘든
일인지
네가 절실히 알게 해 줬지만
이것 봐 과외생

네가 흑심이 부러진 파버카스텔의 허리까지 부러뜨리고
터지다 만 불꽃놀이처럼 시시한 서글픔을 이야기하며
방 밖으로
방 밖에서 집 밖으로
달려 나가 버린 일은
내가 벌떼 무리처럼 뒤쫓아 함께 달려가 버린 일은 내
마음에
담아 두지 않을게
대신 과외 선생님의 마음속에
어항 속 죽은 금붕어처럼 담아 놓고
내 안의 과외 선생님은 조용히, 초록색 연기가 피어오르
는 소각장에 던져 버릴게

그래도 넌 나한테 문자 보내겠지
문자메시지 속 오탈자들처럼 내게 오겠지
전화하겠지
고장 난 라디오에서 멋대로 흘러나오는 아름답고 모욕
적인 가요처럼
전화해서 내 속을
글씨가 도저히 써지지 않는 볼펜처럼 박박 긁어 놓겠지

애초에
애초에 마음에는 음량이란 게 있었다는 것도 모른 채
아무리 크게 키워도
들을 수 없는 소리가 있다는 걸
아무도 너에게 알려 주지 않은 채

청춘이 끝날 때까지
청춘이
잡목들이 한꺼번에 시들어 버린 정원처럼 끝나 버릴 때
까지
그러나 태워 버릴 수도 없는 시든 정원의 존재처럼
성년의 생이 찾아올 때까지

나를 사랑해 주겠지

한 줄도 녹음되지 않은 비가가 수억만 년의 시간처럼
흐르고 또 흘러서 가면

훗날 이 세계에

수천 개의 버섯구름들이 단 하나뿐인 색깔로 솟아오를
때
너는 멀어 가는 시력으로 그 광경을 바라보고
나는 멎어 가는 목소리로 곁에서 네 이름을 부를 때

네가 기억하지도 못하는 너의 비밀을
나는 알게 될 것이다
사람의 비밀에서
사람과 나무 사이의 비밀로 부풀어 오르도록
사람과 나무 사이의 비밀에서

그 어떤 세상의 것도
그 누구의 것도 아닌 비밀로
성장하도록

청운동 드리밍 드라이빙

죽은 짐승이 담긴 포대 자루처럼 삶을 끌고 가라고 가르친 건
감기의 출처였다
연정같이 부어오르는 자리
나와, 나를 닮은 신으로도 낳을 수 없었던 너를 이런 자리에서 사랑했다
너의 발목이 돌아갈 방향도 미처 몰랐으면서
알지도 못했으면서

너는 불 꺼진 상점의 쇼윈도우가 양생하고 있는 우리를 향해 들려준다
중세 모스크바 러시아에 관한 이야기를
나는 입을 다물고 듣는 중인데
유리창에 비친 내가 입을 열고 듣는다
중세의 그들은 높은 단계로 발달된 상징과 기호의 공동체로 후기에 나아갔다고
이 경위를 설명하는 직유는 중세의 서유럽이다
서구 유럽이라는 수사에 감염되기 이전까지, 모스크바 러시아의 별명은 수도원이었다
페르시아가 소련으로, 오리엔트로 꽃의 암술처럼 스며

들기까지

　이게 다 어디로부터 시작돼 흘러온 현기증일까

　그건 어느 누구의 멀미였을까

　혹시 네가 그 커다란 입속에 편백나무 숲을 키운다면,
그 입으로 편백들 틈에 숨어 있는 조류들의 울음소리를
내보낸다면

　그래서 너의 입속에서 살아가는 건, 죽어 가는 건 숲이
아닌 새들이라고 사방에 루머를 피워 올려도

　그래도 네가 열일곱 숟가락의 소금을 탄 소금물을 머금
고 새들을 죽이지 않는다면

　네 몸속에서 펼쳐지던 조류들의 신화가 저물어 버리지
않는다면

　나는 작아질 거야

　광화문 성벽에 올라서서야 청운동처럼 보이는 청운동만
큼

　저 청운동만큼 작아질 거야

　너의 녹색 후드티를 빌려 뒤집어쓰고 페인트도 마르지
않은 벤치에 누워서 울어 버릴 거야 너무 작아서

　익사할까 봐 울지도 못할까 봐 또 울 거야

달무리가 자욱하구나 오늘 밤

달님이 인간의 종교가 되기 전에

인간이 달님의 종교가 되는 방식으로 달궈지는 기분의 필라멘트들……

별 대신 폭죽이 하늘을 찢고 있네

만에 하나라도 내가

하얀색 치파오 속으로, 차갑고 검은 폭탄을 숨긴 채 광화문과 경복궁과 청운동과

이름 까먹기 딱 좋은 도시들을 절뚝거리며 여행하는 키 작은 숙녀라면 너

나를 안을 거야?

폭탄이 터지기 전에 나의 동맥들이 먼저 다 터져 버릴 만큼 나를 끌어안아 줄 거야?

대답해 달라고 빌면 대답해 줄 거야?

실은 필요 없다고 하면 닥쳐 달라고 하면

제발 그러지 마 닥쳐 달라고 너의 입을 틀어막으려고 하던 내 오른손이 눈물이 핑 돌 만큼 뜨거워진 내 오른손이

얼어 버리면

얼어붙어 버리면 너는 당황해서 닥칠 거야? 아니면 너무 우스워서 닥칠 거야?

너무 차가워서 닥칠 거야?

그러니까 아무튼 닥쳐 줄 거야?

가슴팍에 틀어막힌 귓속의 심장박동보다 세게 진동하는 청운동의 너무 춥고 건조한 노래방이야

마이크 언제 줄 거야?

마이크에다 대고 언제 대답해 줄 거야?

만약에 네가

정말로 네가

너의 낡은 자전거, 바람 채워 넣은 바퀴를 이리저리 굴리고 다니며 을지로 가로수들 아래에 심어 놓은 씨앗들이 하늘을 쑤실 듯 자라나 버리면 너는 저 멀리 서서 많이 울 거야? 조금 울 거야?

그건 사이프러스 나무 씨앗이야!

내가 무대에 난입한 관객처럼 소리쳐서 네가

난입하지 않은 얌전한 관객처럼 화들짝 놀라고야 말면 너는 심장이 뛸 거야?

손을 떨 거야? 입술을 떨 거야?

솜털을 보리밭의 보리들처럼 떨어 댈 거야?

떨다가 떨리다가 흐릿해져도

흐릿해져도 그 흐릿함이라는 단어가, 네가 아닌 살아 꿈틀대는 네가 아닌

너의 초상화, 너의 몽타주, 네 사진의 형용사로 끌려 들어가 버린다면

그때는 화내지 않을 거야?

나는 청운동처럼 작아질 거야 너는 화내지 않을 거야?

혹시라도 내가

네가 세계를 거꾸로 되감아 돌릴 수 있다면

자동차는 거꾸로 되감아도 후진하며 여전히 달리고 있다면

승강기는 거꾸로 되감아도 여전히 올라간다면 내려간다면 열린다면 닫힌다면

이 세계 이런 세계

거꾸로 되감기고 있는 승강기라는 이 세계에 은닉되어 살아가는 우리가

울고 있는 소년과 울게 만들어 놓고 우는 소녀가 여전

히 운다면
　거리의 풍등 사이로 흩어지는 목소리 속 은여은이라는
이름 세 글자가
　여전히 은여은이라면
　너의 입속에서 시들어 가던 숲이 다시 자라나는 걸 나만
알고 있다면
　나는 되감기면서도 나라면 너는 되감기면서도 너라면
　시간을 되감는 동안에도 시간은 흐른다면
　너를 나만 안다면
　네 잎 속의 우거진 편백들처럼 너를 나만 안다면
　나를
　네가 안다면

　폭죽의 불꽃들이 모두 꺼지고 난 후
　청운동의 오색 빛깔 마이크들이 흑야 속에서 한꺼번에
쏟아져 아스팔트 위로 충돌하는 소리
　나는 내 귀를 막을 테니까
　너는 네 귀를 막든 누구의 귀를 막든
　내 귀가 아닌 모든 곳을 닫아 주렴
　이 노래가 어느 귀신의 몽상 안인지 모르지만

그래도 전화해

받아 줄게 수화기에다 대고 내 작살나 버린 학점 알려

줄게

잘린 알바 반토막 난 월급으로 아무거나 먹으러 가자

마시러 가자

광화문 성벽 위에 주저앉아서

우리는 우리, 우리는 우리,

신도, 신의 조상도 사랑해 줄 수 없었던 너를

새벽 두 시 십일 분의 경적 소리처럼 잘도 찾아서 곁으

로 끌어왔다 나는

이 길 위에서 너를 사랑했다

원망할 낯짝도 어깨도 허리도 없이 그런 얼굴을

재미도 없이 따분도 없이

우리는 우리, 우리는

우리,

매연의 노래

너는 사찰을 불태우며 현기증을 앓고 루는 사찰을 태우
는 너를 필름 사진기로 찍는다

네가 메고 있는 무지개색 가방 안에는 루의 필름들이 터
질 듯이 가득 담겨 있다

두 사람 등 뒤로 우거진 소나무들이 성공한 퇴마 의식
보다 평온하게 죽어 있고
이 세상은 오로지 생물과 무생물로만 가득했던 걸 알고
있지만

어딘가에서 나타나 유년의 눈을 가리는 누군가의 손바
닥
울고 있는 얼굴을 감싸는 멍투성이 두 손
교정 책상 위에 머리를 박고 감은 눈꺼풀 뒤의
어둠을 무생물이라고 불러야 할지
생물이라고 불러야 할지 아무도 물어보지 않아서

그게 너무 슬퍼
유리로 된 검은 깃털들이 루 너의 오른쪽 팔 위에서 수

― 북이 자라났다

사물이 되어 간다 오른팔이
이 장면을 상상하면

자신은 사물이 아니라고 네가 욕을 하면서 낙엽들이 자
꾸만 너의 발목을 잡아 끌어내리는 산속을 뛰어올라 가
고 있었을 때

이 장면을 상상했다면
루의 등 뒤에서 세상이 검어지고
검어지다가 묘연해지고

세상이라는 무생물로부터 환생한 생물처럼 숨이 트이고

마음 가벼워지고
실패한 퇴마 의식처럼 웃음이 쏟아졌지

루는 사찰을 불태우는 너를 자꾸만 찍어 댄다
네가 지른 불이 너 대신 자꾸만 사찰을 태워 댄다

불은 연옥에서도 여전히 타겠구나 산은 지옥에서도 여전히 산이겠지
　날카로운 깃털들이 오른팔로부터 어깨와 목을 향해 번져 자라나고

　네가 고개를 돌리지도 않고 무엇인가 말해 주는데
　아무 소리도 들리지 않았다

　거인이 되는 꿈을 꿨어
　한쪽은 밤인 나라와 한쪽은 낮인 나라 사이에 서서
　왼쪽 어깨와 오른쪽 어깨의 명도가 달라질 만큼 거대한
　울었어
　울어서 서러웠어
　누가 거인 따위를 사랑해 줄지
　거인 따위가 누구를 사랑해 줄 수 있을까 외로워 서글퍼하는 건
　이다음에 해야겠다고 생각하다가 깨어났어

　……내 마음 낮은 곳에서 끓어

이 심장은 늪 속에서만 뛰어

이 피는 늪 속에서만 흘러

얼굴 없는 짐승의 시력이 날 잡아끌어

내 마음 낮은 곳에서만 끓어

한없이 낮은 곳에서

　네가 두 팔로 자기 몸을 감싸 안으며 노래하는 소리가
들려오는데
　자세히 들어 보니 노래가 아니라 불길 소리였다
　하지만 불을 지른 건 너니까 그것은 너의 노래가 아니
지만 너의 소리

　네 목소리

——　아무도 아무것도 없는 방에서 혼잣말을 해 보라고, 과

거형으로 들린다고

    네가 잠결에 받아 든 전화기에다 대고 잠꼬대로 들려줬던 이야기 대신
    잠꼬대라고 기억하고 있던 모든 말들이 잠꼬대가 아니었다는 게 먼저 기억이 났다

    나를 그만 밀어 버리실래요?
    노래 불러 줄래요
    현재형으로

    네가 멘 무지개색 가방이 찢어지면서 필름들이 와르르 쏟아져 내린다
    원통 모양 필름들이 산 아래를 향해서 한꺼번에 굴러 떨어진다

    ~~다 쓴 필름이야 괜찮아~~
    ~~아직 안 쓴 필름들이야 괜찮아~~

    텅 비어도, 가득 차도 버릴 수 없는 것이 필름이라면 그

건 사람하고 다를 것 있을까?

　그런 생각을 하니 서러워져서 유리 깃털이 더 빠르게
온몸을 뒤덮어 갔지
　허공에 내걸리면
　누군가는 사형수가 되고
　누군가는 등(燈)이 되는 오늘
　루, 너도 이제 알게 됐구나

　아무리 많은 깃털을 가져도 날아오를 수 없는 삶이라는
걸
　깃털은 날개가 아니라는 걸

　현기증을 앓는 너는 사찰을 불태우고 루는 사찰을 태우
는 너를 촬영한다

　이렇게 오래도록 살아갈 것이다
　무덤보다 더 오래도록

　렌즈에 맺힌 네가 소스라치게 아리땁다

움직이는 화석을 본 사람처럼 소스라치게 만드는 너를

아리땁다고 전해 줄 목소리가 이 생에는 없다

하늘에서 소나기가 내리기 시작하는데
불이 점점 더 크게 타오르고 있었다
고장 난 카메라가 더 이상 작동되지 않았다

연남동

—

부러진 뿔의 순록 한 마리
아무에게도 목격되지 않고 주택단지 사이로 거슬러 지
나갈 때
뒤따라 우리 여기로 모여들겠지
벚꽃에 반사된 빛까지 빨아먹으며

목소리는 왜 이승의, 두 눈은 왜 몸의 것인지
생각하기를 영영 멈추기라도 한 듯,
영영 생각하기로 한 듯
모두들 몸의 반을 주머니 속에 찔러 넣고
추락보다 안일한 자세로 쓰러질 듯이 앞만 보고 걷고
또 걷네

검푸른 쇼윈도우들 속에는 인류의 표정으로 기다리던
그 계절이 흘러
한 칸
한 칸
미완성된 여기의 기후가 없애지 못한 편린들을 대신 지
워 주며
—
파랗게 물든 혓바닥들처럼 펼쳐지네

왜 웃지를 않니
왜 웃지를 않니
차마 해 줄 수 없는 말이 어디 있나

초록색 그네들이 비어 있는 시간은 없고
그네 대신 흔들리는 것은 세계
흔들거리다가 철퍼덕 떨어지면
달리다가 넘어지는 자세와 똑같은 자세로
서로의 이마를 마주 보고 있고

사랑은 진원지를 보여 주는 법이 없네
무덤 속의 암흑처럼
다들 못도 없이 태어난 청동 관같이
목과 가슴을 묻은 채 코트를 닫고
사랑한다는 말도 없이
잘도 죽어 가지

나는 빛의 입자만큼 쪼개져도 빛날 수 없고
아무리 오래 침묵해도
민들레의 언어는 가질 수 없네

당신의 지옥은 나를 물어 가지 않겠지
숨소리를 거꾸로 되감아 이렇게 들려줘도
나는 영영
이것으로는 숨 쉬지 못하겠지
나는 후회하지 말아야지
불안해하지도 말고
불안해하다가
낡은 뿔을 등 뒤에 쑥 쑥 키우지 말아야지
유령의 흉내를 내는 기계처럼
나는 사람으로 살아가야지
인기척으로
살아가야지

차갑게 죽어 가는 신처럼
재미없고 따분하게
당신의 목소리를 외워 가면서
얼음으로 만든 휠체어 위에 올라타
사랑해요
사랑해요

그렇게 물러가야지

순록이 홀로 도착한 회색 그늘 속으로
우연히 미끄러져 나는 도착해야지

제3부

나 사람의 숙주가 되어

키싱 유 프로스터

숨긴 카드를 들킨 자의 두 뺨처럼 떨리는 검게 탄 나무들. 그 사이에 매달려 떨리는 소녀를 보고 있었지 신서루. 나무들보다 더 빠르게 타들어 갔을 그 애를, 아이의 검게 흔들리는 아래턱을. 신서루는 너의 이모가 지어 준 이름이다. 사람의 성기 모양으로 맺혔다가 척추뼈 모양으로 익어 가고, 사과의 형태로 썩어 가는 열매의 학명이기도 하다. 이모, 그 석궁 속에 한 차례 두 차례 세 차례 네 차례 장전돼 있던 신서루가, 비밀의 과녁처럼 펼쳐지는 미래는 아무리 기다려도 오지 않아 식어 버리는 바람에 흔들리는 식탁 한가운데에 툭 버려졌고 그게 당신의 이름이 되었다. 불탄 소녀의 인중이 이모의 것과 닮았단 상상을 미처 다 피워 보기도 전에 미국이 텍사스를 가졌고 아프리카발 병마가 이모를 집어삼켰지만 신서루는 이 모든 게 달콤하고 끈적한 꿈일 수도 있다고 생각했지. 무엇이 꿈이고 꿈이 아니었는지를 생각하다가 피로해졌지. 체스판의 말 체스판의 킹. 전축의 음량을 있는 대로 높이고 또 높여 두고 낮잠을 자듯, 꿈속으로 꿈 아닌 음악 소리가 꿈이 되어 들어오듯 들이닥치는 사람들이 버겁고 또 버거워서 여름의 저택으로 이사를 가 버리던 칠월, 문득 궁금해졌어. 새로운 사람을 사귀어야 한다. 새로운 얼굴을 익혀야 해. 새로운 얼굴에게는 질문이 딱이지. 질문. 탱고를 좋아하십니까? 투우를 보셨나요? kissing you frosty frosty. 당신과 당신 아닌 사람들 모두 질문의 과녁으로 어슬렁거리며 살다가 비밀의 과녁으로 점점 부풀어 가는 이 세계에서 아직 20세기를 맞지도 않았는데 19세기의 유령으로 살아가고 있다는 확신이 들었다. 확신의 부드러운 내력으로 혈액은 얼어붙고 겨울 아닌 것들이 당신에게 선사하는 하얀 입김 하얀 입김 하얀 체스판의 말 체스판의 검은 퀸. 있잖니 나의 조카. 나의 신서루, 이제 전축을 끄렴. 저기 저 멀리 거대한 대륙에서 모택동이란 자가 중국인들을 셀 수도 없이 죽이고 있대. 너무 많이 죽이고 또 죽이다가 죽음이라는 이름도 죽어 버릴 거 같아. 나의 신서루야 우리가 체스판의 말일 뿐이란 이야기를 믿지 마. 우리는 체스 말의 체스판. 그 어떤 킹과 퀸으로도, 말들로 텅 텅 찍어 대도 우리를 금 가게 할 수 없어. 우리가 금 가면 금이 쪼개지면 우리가 쪼개지면 다 주저앉는 거야. 유년의 장래 희망처럼, 천사와 공룡, 태풍이 셀 수도 없는 가구(家口)들 안에서 빠르게 다 죽어 가. 다 죽어 간다고……

보리와 안개의 시절

다시 불러 미안해. 깜빡 잊고 못 해 준 이야기가 있어서. 너 혹시 홍화라는 이름 들어 본 적 있어? 누구한테라도. 그 애는 베를린 길거리 상점에서 칼을 파는 상인이야. 내가 수학과 학부생이었을 때 걔가 이쪽으로 힘껏 자몽을 던졌어. 무슨 일이었는지 지금도 몰라. 터져 버린 자몽이 얼마나 끈적한지 아니? 입고 있던 하얀 티셔츠 아래로 차갑고 붉은 자몽은 흘러내리고, 과일이 으깨지는 모습을 아무도 옆 사람의 입술을 열어서 확인하지 않는 하루들, 그건 꼭 내가 뱉어 놓은 콱 씹힌 자몽 같았어. 눈이 아니었던 살갗들은 모두 실명한 안구처럼 창백하네.

아프면 신경질이 나고 간지러우면 투명한 눈물이 나지.

끈적하면 반성하게 돼. 퓨즈가 꺼지며 앞으로 꺾이는 고개들.

통증이 아닌 것들은 누군가가 대신 앓아 주고 있는 통증 같아서, 반성이 기도가 되고, 기도가 기도에 막혀서 나오지 않으면 식은땀이 흐르고, 막혔던 기도는 거절로 변해서 터져 나오고, 앵글이 돌아가는 소리, 앵글 돌아가는 소리……

앵글이 빙글빙글 회전하는 소리가 나무 아래에서 죽어 가는 매미의 비명처럼 귀를 찢네.

우리들 모두는 소리의 ~~무덤 같아. 그것들이 들어와도~~
~~절대 나가지를 않아~~

like grave sound

I am the origin of my ancestors

소리가 소거된 세계에선 라일락이 라일락을 애모할 수
있을까?

바닷물이 강물을? 안개가 안개를

졸업하기로 돼 있던 해에 베를린으로부터 홍화의 편지
를 받았어. 학사 경고 우편이 온 줄 알고 열흘 동안 열어
보지 않던 우체통의 어둠 속에 그것은 들어 있었어.

나 홍화야. 내 이름 알지? 그렇게 시작하는 편지가.

나를 오해해서 미안하다고 했어. 자몽을 던진 건 오해
했기 때문이라고. 오해해서 자몽을 던진 게 미안하다고,
어떤 오해인지 너조차 몰랐던 것도, 지금조차 밝혀 줄 수
없다는 점도, 미안하다고.

편지는 이면지에 쓰여 있었어.

뒷장에는 건조한 폰트로 그런 문장이 쓰여 있던 기억이
나.

죽는다는 건 무덤 속으로 들어가지도

무덤 밖으로 나오지도 못하는 운명 같은 거라고 했다.

나무의 눈에 비친 인간은 본래
망자였다고 한다.
우리는 영원토록 나무들의
애도를 받으면서 걷는 존재라고.

홍화는 파란색을 끔찍하게도 싫어한대. 얼마나 머쓱했
으면 그런 이야기를 적어 놨을까 싶었어. 난생처음으로
파란 손잡이의 칼을 만들었다고. 너무 큰 모자를 쓰고 있
어서 여잔지 남잔지 분간할 수 없는 사람에게 팔았대. 그
리고 나흘 뒤에 자신이 만들었던 그 파란 칼이 목에 박혀
서 죽은 들개를 봤대. 이름이 기억나지 않는 도로에서, 차
창을 내리고 길게 목을 뻗어서 그것을 오래도록 지켜보
고 있었다고.

산책의 궤도

—

　이름 모를 거리가 나타날 때까지 걷자 하고 걸었지
　신사에서 너 휴대폰 리퍼 받는 일 기다려 주고 난 화장
실에서 어제 산 실크 블라우스 갈아입고
　우리의 모든 걸 네 하늘색 핸드백 속에 가둬 둔 채
　추적해 오는 풍경이 두 사람 치의 정경에서
　한 사람 반 치의 정경으로 퇴화할 때까지
　사람이 없는 정경으로 부패할 때까지
　횡단했네

　지명 모를 동네가 우리를 집어삼킬 때까지 걷자
　귀접하러 흘러가는 것 같은 기분이야

　궤도 없이 이동하다 보면
　서로의 몸이 자꾸만 부딪히려 하지
　너 그러다 키스하겠다?
　방사능처럼 흘러드는 자막을 나는 읽는다
　먼지 쌓인 자동차
　쇠파이프
　구부러진 가로등
—　플라스틱 놀이터

하나하나 관통해 가다 보면 왜 우리가 홍수처럼
만져 보지도 않은 것들의 질감으로 피로할까

이런 이야기들로 가슴이 자꾸만 마모되면서
염증이 심장처럼 자라나는 걸 느끼고 있는데

저 앞에서 드리워지고 있는 안개로 우리는 걸어 들어
갔다
안개 속에서 눈물 냄새가 나는 것 같아
나는 잘 모르겠는데
정말이야 정말
저길 뚫고 지나가 보면 알 거야 금방이라도 펑펑 운 것
같은 기분일걸?
다 지나고 보면
알 거야

5분 10분 동안 안개가 계속 이어졌고
둘은 점점 눈물범벅이 되어 갔네

이런 식으로 우는 기분을 먼저 배웠으면 얼마나 좋을까

너는 리퍼 받은 휴대폰을 뒤늦게 꺼내서 페이스북부터
켰지
아 씨발
왜?
까먹고 있었어
뭘?
내가 먼저 차단 먹이려고 했던 애가 더 먼저 나를 차
단했어

눈물 냄새가 점점 더 짙어져 갔지
우리 둘 다 숨이 넘어가도록 훌쩍거리다 보니
너 이제까지 몇 명이나 차단해 봤어?
액정이 뚫어질 듯 손으로 문지르고 또 문지르면서 너는
딴 델 쳐다보고 묻는다

셀 수 없이
잿더미만큼

너 나도 차단하려고……

나 사실 너도 차단하려고……
했었니?
했었다

둘 다 동시에 얘기해 버려서
둘 다 귀가 아팠네

나도 잿더미가 될 뻔했잖아
내가 왜 미웠니?
아니
잠깐만 잠깐만

너는 오른팔에 걸쳐진 핸드백을 왼팔로 바꿔 들고
툭
오른손으로 손가락을 튕긴다
어디선가 석양이 수신되어 온다

Dusk
Dusk
Musk

내가 밉다는 얘기를 거꾸로 하면 대체 뭐가 되는 거니?
난 항상 그게 궁금했어

독일어로 얘기해 줄까?
한국어로 얘기해 줘

너 독일어 다 까먹은 거 알아

콧속이 아프도록 눈물 냄새가 점점 더 강해졌지
나는 고장 난 것처럼 걸음을 멈추고
불도 켜지지 않은 건물 계단 위로 쏜살같이 달려 올라
갔다

신발 한쪽이 벗겨지는 것도 모르고 네가 따라 올라왔고

오렌지 껍질 속의 오렌지처럼
밤 속에도 이런 밤이 또 있나 싶을 만큼 건물은 어두웠지

어둠 속에서 나는 총성보다 더 크게 얘기해 줬어

마네킹처럼 얼굴을 감추고선

민들레 홀씨가 총알들처럼 박혀 오는 신체를 가지고 싶어!
나 좀 좋아해 줄래?
널 완성시켜 줄게!
내 심박 따위 꺼 버리고
네 발작을 대신 켜 둔 가슴을 내게 줄래?

메아리는
없었지

날 좀 사랑해 줄래?
내가 너의 거짓이 되어 줄게!

메아리는
한마디도 없었지

비려 가는 사랑의 노래

오후 다섯 시에 을지로에서 너를 만나기로 한 날
오후 세 시에 네가 사 오라는 약이 있다던 약국을 찾으
러 신촌에 내렸지
계절을 알 수 없는 옷을 입은 사람들을 지나쳐 지나쳐
가다가
스콘을 파는 가게에 들어가 약국의 위치를 물었어
주인은 파리에쉬라는 이름의 서점을 알려 주며 파리에
쉬의 맞은편에 분명 그 약국이 있을 거라고 알려 주었다
파리에쉬
파리에쉬
파리에쉬를 찾아 신촌을 30분, 40분, 한 시간 동안 헤
매고 또 헤맸지
파리에쉬에 가면 도덕의 계보학 초판본을 꼭 사렴
아직 아무도 사 가지 않았다면 말이야
도덕의 계보학 초판본을 파는 파리에쉬
도덕의 계보학이 꽂혀 있는 파리에쉬
파리에쉬는 어디에 있는 걸까
다섯 시는 가까워 오는데 서점은 나타나지 않고
결국 도덕의 계보학도
약봉지도 손에 들지 못한 채 한참을 헤매다가 을지로

에 있는 너를 찾았다
계절을 알 수 없는 옷을 입은 미치도록 아름다운 너를
보며 마주 섰을 때
나는 왜 그저 고장 난 것처럼 웃어 보이기만 했던 걸까
회색빛 후드 끈을 나풀거리며
이 한마디를 건네지 못한 채
미안해

나 사람의 숙주가 되어 하늘 아래 비틀비틀 헤맬 때
밤이라는 양수 속에서 자라나는 회전목마들 사이를 절
룩절룩 통과해 다닐 때
몸은 시들어 가는데 묘는 점점 푸르러질 때
두 팔과 두 다리가 종기처럼 영혼으로부터 돋아날 때
한여름 마주 댄 두 개의 등 사이로 소리 없이 맺혀 흐르
는 땀방울의 궤도처럼
네가 나의 비밀이 되어 줌에
미안해

우리들의 가슴은
빛으로 발단되어 빛으로 전개돼 빛으로 결말을 맺는 필

름의 영사실이네

무슨 이유로 저 하늘의 별들은 진동하는지
내 어깨를 향해 의수처럼 날아와 박히려고 드는지

식탐도 아닌 것들은 어디로부터 찾아와
우리를 하루 세끼의 식탁으로 앉혀 놓는지

미안해
달빛에 서서히 녹아내리는 푸른 숲속의
보랏빛 나무들에게
몸의 무게와 심장의 무게를 뒤바꾸고 영원히 붙박인 거
리의 석상들에게
날개 없이 비행하는 새들에게
주인 없이 달려와 도로 위로 쓰러지는 자전거들에게
그 위를
밟고 지나가는 낡은 트럭에게
도시를 가로질러 달리는 검고 붉은 개들에게
닫히지 않는 하얀 문들에게
한여름 우리 둘을 감싸고 있는 두꺼운 이불 아래의 구

겨진 무늬들처럼
　내가 너의 비밀이 되어 줌에

　끊임없이 회전하는 가면의 앞면과 뒷면이 겹쳐지는 순
간처럼
　공동체가 되어 갈 수 있었음에
　서로의 비밀이 되었음에
　사과해

　밀랍으로 만든
　2인용 식탁이
　한 방울 한 방울씩
　녹아 가지
　우리는 초상화처럼 식도도 없이 연어구이와 쉬폰 케이
크를 씹으면서
　나의 진심은 나를 먹고 자라나는 식물
　생전에 피울 수 없을 것 같지만
　표정이 사라져 가는 얼굴처럼 삐걱삐걱 부서지는 의자를
사수하다가

그러다 마침내 바닥이 꺼져
심해 밑으로 가라앉았을 때 서로의 목덜미를 잡고

태초에 바다는 없었네
바다는 없었네
강물의 무덤만이 있었네

끔뻑거리며
끝내 지상에서 가지지 못했던 체위를 천국도 지옥도
없이
찾아내고야 말았을 때
꿈꾸는 자가 잊어 가는 수면에 대한 기억처럼 조금씩
조금씩
가라앉을 수 있음에

거꾸로 되감는 시간의 속도를 빌려 고속으로
완성되는 마음을 담아

내가 미안해

미안해

원스 어폰 어 타임 인 헤븐
—현진아 그 사람 만나지 마

달빛이 헬리콥터의 탐조등처럼 우리 둘을 추적해 올 때
나는 걷고 너는 뛰는데 우리 둘의 거리가 조금도 벌어
지지 않아서
나는 사지가 되어 펄럭이고 너는 머리통이 되어 건들거
리기만 하는데도
우리 둘의 거리가 멀어지지 않아서
그런데 이게 꿈이 아니어서
꿈속에서도 꿈꿀 수 있듯
현실 속의 또 하나의 현실이라서
그래서 네가 화가 났다고 해도 현진아
그 사람 만나지 마

천안에서 열한 시간 동안 술 마시다가 그사이에 서울로
가는 지하철 개통됐다고
내가 그래서 기차표 취소하자고, 첫차 기다렸다가 첫차
에 올라타서 가자고
덥바 하나 걸치고 거리를 활보하다 들이닥치는 겨울바
람이 우리를 표백시킬 때까지 기다리면서 첫차 타고 가
자고
방금 막 옷 가게에 입고된 셔츠처럼 하얘진 채로 첫차

타고 집에 가자고 그랬는데

　열한 시간이 열두 시간으로 넘어갈 때쯤 너만 남겨 두고 나 몰래 예약해 뒀던 기차로 서울 와 버려서

　그래서 네가 나한테 화가 났다고 해도

　화가 나서 우리 집 창문에 테니스공 던져 버렸는데 그때 마침 집에 아무도 없어서

　낡은 새장처럼 텅 비어 있어서

　그래서 또 화가 났다고 해도

　그래도 현진아 제발 그 사람 만나지 마

　귀를 막고 눈을 가리고 숨을 참아도

　들리고 보이고 꿈틀대는 게 있어서

　이게 그냥 나였으면 좋겠다

　이게 차라리 나였으면

　하고 네가 칫솔을 입안 가득 물고 기도할 때

　푸른 물감이 쏟아져 내리는 유원지에서

　사람들이 나를 둘러메고 온 사방을 돌아다녀도

　부끄러움 따위 모를 거야

　파렴치해질 거야!

　마음 같은 거 잊을 거야

너의 신체가 되어 너의 영혼을 향해 예배할 때

죽은 사이프러스 나무가 사방에서 솟아나고
사냥꾼이 환청처럼 쫓아오고
늑대가 바람에 나부끼는 깃털의 속도로 쫓아와도
너는 도망가지도 숨지도 않겠지만

이 세계에 마지막 홍수가 밀려와 모든 것을 익사시킬 때
물이 너를 덮치기 직전에 카메라 속에 남은 마지막 필
름으로 그것을 펑 하고 찍겠지만
네 손목 멍이 들도록 틀어쥐고 달아나지 않을게
너 두 팔에 안고 아무 데도 달려 나가지 않을게
그러니까 제발 그 사람 만나지 마 현진아

비가 미래에서 쏟아지는 것처럼 내리던 네 생일날
초대된 나와 애들이 전부 다 물러가고 아무도 남아 있
지 않은 자취방에서
나한테 선물 받은 38구경 리볼버를 쥐고 너 홀로
너 홀로
나한테 엿 먹이면 넌 총알 한 방 먹게 될 거다 개자식아

대사를 외우고 또 외우면서 언제 이 대사를 써먹게 될까

언제 이 대사를 질러 놓고도 다 까먹을 정도로 내 손으로 총을 발사해 놓고 나 스스로 놀라서

길거리 한복판에서 벌벌 떨게 될까

총성은 어느 허공에서 가장 아리땁게 들릴까

가장 총명하게 들릴까

잠실? 신촌? 파주? 인천? 부평?

그런 생각하다가 총성 따위가 총명하게 들릴 만큼

내 일생을 고통스럽게 만든 쓰레기들한테 화가 나서

너희 같은 쓰레기들을 위해 나는 제일 먼저 소각장부터 소각해 버릴 거다 쓰레기들아

길거리를 구천처럼 떠돌아다니게 만들어 줄 거다 쓰레기들아

중얼거리다가 거울을 향해 방아쇠를 당겼더니

발사되는 게 비비탄이어서

네가 나한테 화가 났겠지만

진짜 총 구해 와서 내 얼굴에다 쏴 주고

넌 못 구했지만 난 구했다 이 머저리 같은 년아라고 외쳐 주고 싶었겠지만

그래도 현진아

그 사람 만나지 마

그 사람 좋아하지 마
절대 그 사람 얼굴도 상상하지 마
그 사람하고 키스하지 마 현진아
그 사람하고 비행기 타지 마
기차 타지 마
천안 가지 마
택시 타고 경유해서 집 가지 마
경유해서 집 가다가 경유 취소하고 노을 보러 한강 가
지 마
구원도 학살도 나누지 마
장마처럼 몰려오는 미래를 함께 들이받지 마

걱정하지 마
걱정하지 마 현진아
영원히 상영될 수 없는 영화도
편집된 영원이니까

서울 열일곱 권총 하데스 위스키

원하지
혼자는 성장을 둘은 진화를

눈 없이 울 수 있다는 속삭임과
얼굴 없이 미워할 수 있다는 노래를
녹아 버린 손의 미처 밀려 나오지 못한 손톱처럼
이 몸에 꼭꼭 숨겨 놓았던

미래를 회상한다
직접 작곡한 피아노 소곡을 건네는 너의 붉은 손바닥
위로 뒤엉켜 올라오던 검은 헤드폰과 워크맨

'미안 내가 받아들일 수 없는 언어야'
귀에서 벗어 버린 헤드폰이
억지로 만들어 문장 속에 박아 놓은 외래어처럼 빛나며
아스팔트 위로 내동댕이쳐지던 서울, 열일곱

한낮의 두개골에 금을 내며 밤은 조금씩 우리 옆으로
흘러내려 오고
1700번 버스를 세 번, 네 번, 다섯 번이나 지나쳐 보내

면서도
　　누구 하나 먼저 말 꺼내지 못했잖니
　　보고 배운 것이 말뿐인 생물들처럼

　　그럴 때마다 우리 약속하기로 했다
　　자기 혀의 맛이
　　어디선가 날아와 입속에 박힌 고무탄인 듯 음미하면서
　　이렇게 중얼대자고

　　서울 열일곱 권총 하데스 위스키

　　목소리는 폐막해 가는 거니까!

　　서울 열일곱 권총 하데스 위스키!

　　헤드폰을 그대 목에 올가미처럼 걸어 돌려주며
　　(너 이런 것 좀 일찌감치 포기하면 어떻겠니?)
　　들려주려던 얘기가

　　'언제쯤 포기하고 싶을 만큼 매달려 볼 거니?'

라며 뒤집혀 버리고

마치 무슨 레비나스나 이오네스코식 문장으로 바꿔 버리기라도 한 것처럼

숨이 찼지

땀이 날 만큼

밤과 아침을 시계추처럼 잡고 되감으며

여섯 시가 다가오고 있었지만

십칠 년이야

십칠 년이나 떠나보내고 초면으로 만나서도 어째서

미래 얘기만 하는 거냐고 묻다가

왜 거울 속의 나처럼 아무런 대답이 없느냐는 질문까지는

집어치워 뒀지

예지몽들처럼 뭉게뭉게 물러가는 과거 속으로

서울 열일곱 권총 하데스 위스키

목소리는 멸종해 가는 것이니까!

가로등 대신 가로수가 빛날 때까지 잠들지 않으면
서로의 얼굴이 기억이 났다
상상 속에서 우리는 아무런 소리도 내지 않았다 빛처럼

나는 음악이 녹음된 CD들을 소포로 산더미처럼
보내고 또 보냈다 너에게
너는 다른 건 다 들어도 정경화랑 밥 딜런은 듣지 않겠
다고 화를 냈다
나는 밥 딜런도 정경화도 들어 본 적 없었다
문자도 음성도 아닌 화를 내다가
문자로 음성으로 너는 침묵했다

네가 네 집으로 오는 길을 잘 설명하지 못했다
수화기를 붙잡고 너는
벌벌
입술이라는 것을 생전 처음 보고 키스하는 사람처럼
벌벌 떨었다

너의 집을 찾아 헤매다 보면 그동안
존재하지도 않는 날개가 자꾸만 자라는 기분이었다
그러나
봉긋
봉긋 자라는 것은 내 가슴뿐이었으니
성장 중에는 혼자를 원했으나

진화 중에는 둘이기를 원했으나
언제나 진화하는 건 한 사람뿐이었다
혈액과 신체 사이처럼

그렇게
더 이상 하루를 되감지 못해 울기만 하다가

서울 열일곱 권총 하데스 위스키

위스키 하데스 권총 열일곱 서울

대신 열일곱을 뒤집어
열여덟이 되었을 때 눈을 씻고 찾아봐도 네가 없었다

클리티아 너의 클리티아

눈물 속에 몸을 담그고 너는 기억하겠지
솜털 대신 갈비뼈가 떨릴 만큼 재미없었다고
나는 데카메론에 너는 테레즈 라캥에 고개를 처박고
아무리 걸어도
길을 잃지도 서로를 잃어버리지도 않는
동네에 산다는 건 말이야

거인처럼 길을 잃지 않는 여름이었다
결코 길을 잃지 않는
여름

나가자

어디로?

연신내 출구로 가든지
불광 입구로 가든지

둘 다 같은 말 아니야?

나도 알아
하지만 나가자
우리 좀 나가자

나가자, 라는 말을 야외에서 발화해 보면
청유가 아니라 기도처럼 들리고

부평역으로 돌아가는 열차가 끊기기 직전이었다
언어라는 것이
사람보다는 어둠에게
사람보다는 사계절에게
더 간절할지도 모른다는 걸 알게 되는 시간이 오면 너랑
그만 헤어지고 싶어질 거라고
과거에 없는 기억을 미래의 몸을 빌려서 기억해 내며

헤어지자고 얘기하기 위해
아니 청유하기 위해
아니
기도하기 위해
여기까지 왔다는 건

자꾸 잊어 갔다
인천으로 돌아갈 막차가 다가오는 동안

"그런데 하고 싶은 말이 있다고 했잖아"
죽은 나무처럼 밤바람이 너의 틈새들을 대신 채울 때

"하고 싶었던 말은 아니야"

"그럼 하기 싫은 말
빨리 하고 가"
반짝이는 하얀 화석처럼 밤바람이 너의 목소리를 대신
채울 때

"오라고 한 건 너잖아"

"별들 좀 봐
당장이라도 꺼질 것처럼 발광하는구나"

우리가 둘이 아니라 셋이라면
말해 주고 싶다

애들아

너희는 알고 있니?
연신내 출구와 불광 입구만큼도
우리는 뒤섞여 있지도 못하면서
자꾸만 천국처럼 쉽고 따분한 길을 만들려고 이렇게
노력한다는 거

I want to say
lose one's way
길 좀 잃어버리고 싶다

거꾸로 뒤집으면 lose many way라는 문장이라도 되
는 걸까

마음대로 해 어차피
길을 잃지 못한다는 숙어는
한국어에도 없어
어떤 입에서도 태어난 적 없어

태어난 적도 없는데
왜 발음해 보면 분명 이물감이 느껴질까 폐기물 같은
대체 무엇이 폐기되면서
우리가 살냄새를 얻어 가는 중인 거니?

네가 살아 줬으면 좋겠다고 생각했다 버려진 채로라도
연신내 출구
불광 입구
어디로든 걸어 들어가 줄 테니

네가 살아 줬으면 좋겠다고
헐거워질 지경까지 살아 줬으면 좋겠다고
꿈을 꾸다 보면

열대야가 우리들의 볼륨을 꺼 버리지

너는 내 멱살을 움켜쥐고
나는 입 맞춘다
너인지도 모르고

입술로 립스틱을 지워 버릴 수는 없겠지?
그렇겠지?
마주 댄 아가리와 아가리 사이에서
잠수정의 내부처럼
들리지 않는 소리로

너는 상상해 보라고 했지 이 마음들이
러시아어로 번역됐다가
다시 히브리어로 번역됐다가
다시 스페인어로
그리고 다시 한국어로 번역돼서 되돌아와 박힌다면

우리 알게 될 거라는 걸
너는 아니?

너는 나의
푸른 혈액을 사랑했던 것뿐이며
나는 너의
너의 등 뒤에 자란 적도 없는 프릴을
사랑했던 것뿐일까

이젠 그만
두 권의 소설 속에서 내려오렴
여름의 볼륨이 꺼지면 얘들아
가을이 탄생한다는 기억을

밤아 너는 알고 있지?
나는 불광 입구에
그 애는 연신내 출구에 서서
구워진 짐승처럼 반짝이며 서로를 향해 달려들면
너는 손톱
나는 손목
아니 너는 손목 나는 손톱

모래로 만든 날개를 달고
밀랍으로 만든 치아를 박고
이제 다음은 어디로

대답 없이
이 몸이라는 악기를 뚫고 들어와

타 버릴 듯이 우리를 안아 달라고
낡은 등을 내밀고
도래하지 않을 아침을 기다리며
왁자지껄 울었다

Crush The Heaven

언니
~~언니는 많이 좋아하죠 민조의 시를~~
~~문학동네 가을호가 발행되던 그달에 수백 페이지의 가~~
~~을들 사이에서 불타 버린 밀밭처럼 펼쳐진 그 애의 시를~~
~~언니는 제일 먼저 알아봤어요~~
언니 지금 시 쓰는 애들은 옛날 시인들과 달라요 ~~자커~~
~~서에 등장하는 화자들하고 전혀 다른 인물이라니까요~~
~~이 애들은 입술로 발화하지 않아요 입을 찢어서 발화~~
~~해요~~
그렇게 뭐든 쓰고 나서는 덜렁거리던 아가리를 ~~터서 닫~~
~~아 버려요~~
~~민조가 어떤 애인지 언니는 몰라요~~
민조는 그 누구보다 입을 크게 찢어 벌려요
~~어쩔 때는 페소아나 박상수보다 더 지독하죠~~
~~크의 시에서 크를 읽지 말아요 언니~~
~~절대 그럼 안 돼요~~
~~언니도 등단한 사람이었는데 글 쓰는 여자였는데~~ 그
애는 무려 반년 동안이나 언니가 에세이스트인 줄 알았
잖아요
~~희곡이었는데 말이죠~~

언니도 언니 글을 보여 주지 않았고 그 애도 언니 글을
볼 생각을 하지 않았으니까요

민조가 그랬어

언니는 글보다 글의 무덤을 더 많이 가지고 있는 사람
이라고

그래서 언니를 사랑한다고

언니

희곡을 증오하는 사람을 만나 봤어요?

그 애의 글들은 희곡의 무덤이에요 희곡의 단두대예요

이건 단지 아브젝시옹을 얘기하는 게 아니에요!

그런데 민조를 계속 만나실 수 있겠어요?

언니 무덤을 까서 민조한테 보여 주실 수 있겠어요?

그러실 수 있겠느냐고요

언니가 걱정돼요

언니가 벌써 부들부들 떨고 있는 게 상상돼요

잘도 떠는 언니

온몸어

눈꺼풀인 것처럼 잘도 떠는 언니가

마음아

오늘도 저승에서 먼저 깨어났니?

마음아 세상은 너무 어지러운 신체 같아
이 몸을 혼처럼 품고 있구나

위묘

거울의 뒤통수가 되지 못한 얼굴을 밤은 집어삼키지 않는다네

위묘야
우리는 피범벅, 이라고 동시에 말했어

피범벅
피범벅
개미 크기로 점점 작아지는 듯
닮지 않는 법을 잊어 갔지

한쪽만 들리는 이어폰을 끼고
꼬리가 너무 큰 말 두 마리 위에 올라 흔들흔들 달려
가면

심장이 없어졌다가 눈이 멀었다가 목소리가 사라지는
너의 껍데기를
사랑해

먼저 낙마하고야 말던 건 너였지

그리다 만 유화 같은 표정을 짓는 날 뒤로하고

언덕 밑으로 굴러가 버리는 팔월의 몸
강 밑으로 빠져 버리는 시월의 몸

강 속으로 뛰어들어 너의
보라색 튤립 타투가 수면 위로 떠오르길
찾아 헤매며
여기저기 첨벙거리다 보면

나는 너라는 사람의 어디까지를 남기고 싶은 걸까
아래턱이 부들부들 떨리고
문득 사람이라는 말이
사람이라는 말이
유성에 맞아 부서진 신체의 사인(死因)처럼 울리는 것만
같았네

달링 그러나 허우적대는 건 나였지

네 이름도 까먹고 널 부르며 펑펑 우는 내 발목을

검푸른 강 밑으로 끌고 들어가
물거품 속에서 들려준 들리지 않는 이야기를

물 위로 올라가도 끝내 듣지 못했어

(분명 어딘가로 마음을 겨냥하는 중인데
그게 누군지 기억이 안 나)

젖은 머리로 외치던 그놈의
피범벅
피범벅 때문에

문양을 소묘하다가 인간을 그려 버리는 방식으로
우리는 아래로 혹은 위로
성장하고
얼굴
가슴
배
무릎
가슴

목

성장하다 보면
어느새 밤이
피범벅
피범벅거리면서 어김없이 찾아와
우리는 인간도 짐승도 아닌 무엇인가가 되기 위해
잠시 인간이었네

네발로 강가에서 기어 나오니
말들은 온데간데없었고
우리가 마을로 돌아가는 길을 자꾸만 놓쳐
대나무 숲으로 들어가 버리면

그사이에 시월은 십일월이 되어 있고
썩은 대나무들 사이에서 짐승들 숨 끊어지는 소리를 가
만히 듣다가
아무도 먼저 말하지 않았지
이건 정말

있을 수 없는 일이었어
있을 수밖에 없는 일이었어

이 덜렁거리며 뚫려 있는 눈 코 입을 가지고서는

위묘
목소리가 사라졌다가 심장이 없어졌다가 눈이 멀어 버
리는 너를
나는 원해
일월의 추위 속에서
한 가닥씩 부르터 날아가는 피부들을 내려다보며

우리들은 헝가리어로
떠들고 또 떠들었던 거지
인간을 사랑하기 위해 천사들은
기계를 사랑하는 법을 먼저 익히는 중이라고

서로의 가죽이 되어
서로의 뼈를 핥으며

무덤 속에서도
십자가 위에서도
당신과 헐뜯을 수 있단다

나의 위묘

입술이 모두 부서질 때까지
우리는 서로의
따분한 신화였었고

겨울이 구더기처럼 그대들의 아가리 속에서 기어 나오네

있잖아

저번 주 토요일, 그러니까 토요일에서 일요일로 막 넘어가고 있을 무렵 홍대 상상마당 앞을 지나가고 있었어. 그런데 목에 둘려 있던 줄무늬 머플러가 바닥에 떨어진 거야. 그러고도 100미터 정도를 더 걸어가서야 목이 허전한 걸 알아챘지 뭐야.

깜짝 놀라서 뒤돌아가지고 잿빛 아스팔트 위에 비둘기 시체처럼 누워 있는 그걸 다시 주우러 갔지. 주워서 허겁지겁 목에 두르고 있었는데

그런데

갑자기 눈물이 나는 거 있지.

아니야. 창피해서 그랬던 건 아니야. 그냥 눈물이 흘렀어.

얼마나 많이 흘렀던지 그 잠깐 사이에 눈 주위가 통통 붓는다는 느낌이 들었는데 손으로는 아무렇지도 않게 머플러를 매고 있었는데…… 애써 매는 척하고 있었는데 갑자기 머리 위로 그림자 하나가 드리워지더라고. 너무 정신이 없어서 내가 쪼그려 앉아 있는 상태였다는 것도 그때서야 느꼈어.

맙소사 그게 사람 그림자였다는 걸 알았으면 그렇게 화

들짝 위를 쳐다보지는 않았을 거야. 눈물을 닦지도 않고.

코발트블루색 단발머리를 한 백인 여자가 나를 내려다보면서 뭐라고 뭐라고 말을 걸더라고. 내가 알아듣지도 못하는 언어로. 지금 다시 생각해 보면 나보고 괜찮냐고, 괜찮냐고 물어보고 있었던 거 같기도 해.

아무 대답도 나오질 않았어. 왜였을까? 알아듣지 못해서? 아니면 내 대답을 알아듣지 못할 거 같아서?

지금 다시 또 생각해 보면 나보고 괜찮냐고 물어보던 게 확실한 거 같아. 아니 사실, 모르겠어. 그냥.

그런데 그 와중에도 있지, 나 정말 그 여자 목소리를 자세히 들었어.

너무너무 자세히 오랫동안 들어서 쪼그려 앉아 있던 다리가 터질 듯이 아파 오던 것도 인지하지 못할 지경이었어.

그러다가 순간적으로 내가 알았다는 거야. 그 여자가 쓰는 말이 스페인어였다는 걸. 분명 스페인어였어. 그 억양을 기억해.

천천히 일어섰어. 다리가 조금 아프고 몸이 약간 휘청거렸던 거 같기도 해. 그 여자가 살며시 내 팔뚝을 잡아 주려고 했던 거 같기도 해.

나 스페인어 아냐고? 아니 몰라. 억양만 알아. 아니다.

알아. 하나만 알아. 그게 뭐냐 하면, 그게 뭐냐 하면……
Sobrevivir.

무슨 뜻이냐고?

그건 투항하라는 뜻이야. 이것만 정확히 알아. 투항하
라는 뜻이야.

내가 아는 스페인어는 투항하라는 말뿐이야.

여자가 일어서 있는 나를 조심스럽게 바라보다가 한 번
더 뭐라고 말을 걸었어.

그래도 이젠 알겠더라고. 여자가 아까부터 거의 똑같
은 단어, 혹은 숙어로만 얘기를 하고 있었다는 것 정도는.

그녀를 똑바로 쳐다보지 못했어. 대신에 한쪽 어깨에
걸치고 있던 크림색 백팩, 적색 레깅스, 그녀 뒤로 지나
다니는 다른 사람들 따위만 대신 쳐다보다가 무심코 뒤
를 돌아봤어.

어둠이 이쪽으로 오고 있는지
저쪽으로 가고 있는지 알 수
없는 밤이 계속됐어.

제4부

아홉 세기 후의 사람까지 미리 용서하면서 걸었습니다

키클로페스

나
귀신의 모태 속에서 사는 게 지겨워

네가 내 등 뒤로
버드나무 모양의 칼을 겨누며 속삭이고 있었다

내 심장의 꿈속에서 사는 거
숨 막혀

사라진 부족의 언어로 말하고 있었는데
사라진 부족의 음악 소리처럼
모국어로만 전해져 들려왔다

발밑의 모래들이 바람도 없이 흐르고 있었다

네가 겨눈 칼이 내 등을 뚫고
가슴으로부터 자라났다
버드나무가 되어

아무리 기다려도 내가 토양이 되지 않았다

저수지에 앉아서 죽은 너의 연서를 거꾸로 읽는다
나는 저렇게 읽었다

내가 사랑하는 자와
나를 사랑하는 자와
내가 사랑하지도 나를 사랑하지도 않는 자의 윤곽을 섞
으면
무기와 무희 중 어느 것에 더 가까운가

너의 목소리로 웃음이 터졌다

전생에 꿨던 꿈을
전생이라고 기억하는 일이 멈춰지지 않았다

칼르메에서, 당신의 지유가

적우야, 엘라가 그때 일은 진심으로 너한테 사과하겠대. 내가 설득한 건 아니니까 오해하지는 마.

여기는 비가 일주일째 그치질 않아. 생면부지의 사람하고 끝도 없이 얼굴을 마주 보고 있어야 하는 것처럼 괴로운 일이야.

어젯밤에는 새벽까지 그냥 걸었어.

가로등들이 죽은 나무처럼 서서 깜빡거리고 있는 거리를.

생물은 죽어도 사물로 태어나지 않는데, 사물은 태어나면서 왜 죽은 생물의 온도를 갖는지 궁금해하는 것으로 시작하는 희곡을 쓰고 싶다고 네가 말해 주던 도중에 이곳으로 오는 기차가 도착해 버리던 날이 기억나.

어제는 나무처럼 맨발이었어. 맨발로 걸었다.

나는 요새 천사에 대해 생각해.

어디까지 걷고 또 걸어야 천사가 산 자를 망자로 오해하는 순간에 가닿을 수 있을지 생각한다.

누군가 그런 식으로 너를 사랑한다면 숨 막힐 거 같지 않니?

사랑이 오해의 한 계보라면 오해가 사랑의 조상이라면 그 둘 사이에서 얼마나 많은 내가 떼죽음을 맞았을까. 초식동물들처럼.

　나 솔직히 이 편지를 빌려서 얘기할게.

　네가 내 마음에 더 이상 동의하지 않는다고 해서 내가 여기 온 거야.

　내 마음을 이해할 수 없다면 차라리 번역이라도 하고 싶다고 네가 얘기하면서 울 뻔했으니까.

　그래 나 알고 있었어. 네가 울 뻔했던 거.

　마술이 마법이 아니라는 걸 알면서도 보고 놀라는 관객처럼 들었다. 목메는 소리.

　수천 자루의 칼들도 너에게 모국어로 마음을 바치는데, 내가 떠넘기는 것은 온통 번역할 수조차 없는 마음이라고 너를 뺀 너의 모든 것들이 울먹거리는 소리.

　그런데 있잖아, 너의 그 칼들은 누구를 향해 겨냥되어 있었어?

　남에게 칼을 건네줄 땐 손잡이가 아니라 날을 잡아야 하는 거라고 날 교육한 게 너잖아.

　너무나 터무니없고 또 터무니없는 미신처럼 의심조차 하지 않았던 그 교육.

　그때 사실 토 달 듯이 묻고 싶은 게 있었는데 여기에다가 물을게.

세상의 모든 비문들을 미신이라고 불러야 할까? 소문이라고 불러야 할까?

난 그 애가 사랑해

너는 그를 불쌍해

그는 그녀에게 사랑해

그녀는 그녀를 불쌍해

사랑해 불쌍해

불쌍해 사랑해

그렇게 뛰어 대는 심박을 자꾸만, 자꾸만 증폭시켜 가면서 세상에서 네가 아닌 모든 것들을 키워 가던 너는 확실히 나의 교사였어.

그런데 너처럼 훌륭한 교사도 이 비를 그치게 할 수는 없겠지.

아니 하지 않겠지.

초면인 사람과 마주 보는 얼굴에 괴로워하지 말라고 말해 주는 게, 괴로움이 밀어낸 자들이 훗날 멈추지 않는 비가 되어 돌아와 내릴지니

절대 후회해서는 안 된다고 하는 게 고작 이 세계의 모든 교육이니까.

사실 나 그거 정말 별로였어.

들었지만 안 듣고 싶었어.

서로에게 별로인 것을 별로라고 말할 수 없어서

아예 더 가혹해져서도 서로를 해칠 수 없는 존재가 되자고 하는 게 우리가 준비하는 미래임을 알지만,

결코 오지 않는 미래도 미래라고 부른다는 걸 알지만.

난 요즘 사실 자주 걸어.

걷다 보면 여기가 이 별의 등일까 아니면 가슴일까를 자주 고민해.

돌아갈 때는 버스를 타.

정신이 나갈 만큼 지쳐 버리면 말도 제대로 안 나오는 거 알지?

요새 나는 천사에 관해서 자주 생각해.

말도 안 나올 만큼 지쳐 버린 사람과 대화할 수 있는 최후의 주체는 천사뿐이지 않을까, 하는 생각.

왔던 길을 돌아가고 나면 어지럽겠지.

돌아갈 때 버스를 타지 않는 날이 오겠지.

그날은 어지러울 만큼 걷겠지.

그때는 너무 어지러워서, 내가 천사를 사람으로 오해하고 있을 만큼 정신이 멍해져 있겠지.

너 부디 털끝 하나도 아프지 말고 있어.

엘라는 너한테 진심으로 미안하대.

추신: 저녁을 사랑할 필요 없어. 저녁이 먼저
너를 사랑할 거야.

노하와 나

—

새로 태어난 재가
재로 태어난 새가
인간의 아픔을 앓는다네

필적 없는 육필로
단 세 줄만 써 있는 페이지를 벤치 위에 앉아
무릎 위에 펼쳐 놓고 연필을 깎던 당신이
커터칼에 베인 날

손끝에 맺힌 핏방울을
한밤의 병동처럼 빛내며
정면의 잔디밭을 향해 고꾸라져 드러눕는 오후 두 시

노아야
네가 죽어 버린 줄 알았잖아

하지만 내 이름은 노하

노하가 노아로 들릴 만큼 먼 거리를 갖기엔
이 세계엔 신체의 일이 너무 많은 것 같아

—

푸른색 벤치 위에 올라서서 말해 주었다
노하를 내려다보며

이름을 헷갈리다 보면
마음을 헷갈릴 시간 같은 건 지나가는지도 모를 거야
너도 좋지?

피투성이가 된 손을 내밀며 내게
콧물을 훌쩍이면서 펑펑 울었던 듯
아니
더 이상 남은 웃음이 없을 만큼
웃고 난 다음인 듯 너는 말해 준다

동쪽에서는 숲이 타고 있고
잿더미들이 동쪽에서 서쪽을 향해 날아가고

노하 너의 어깨를 털어 줬지
어깨를 푸드덕 푸드덕

재로 태어난 새가

새로 태어난 재가
병든 널 사랑하네
아찔하게 높은 곳에서도
사랑할 수 있었다네

그런데 있잖아

만약 누군가가 사랑시를 쓰려고 하는데
상상해 낸 게 지금 이 장면이면
우리 어떡하지?

너는 잔디밭을 향해 다시 엎어지고
나도 너의 위로 엎어지고

누구도 아픔을 느끼지 않는다 그런데도
자세라고 하는 건 어디로부터 찾아오는 걸까

산소 속에 있었는데
진공의 마음으로만
서로를 안았다

내가 천사라면
재에게 재의 마음을 주겠노라

네가 악마라면
재에게 새의 마음을 주겠노라

사람이 사람을 만지는 감촉이 묘연하여
악마가 천사를
천사가 악마를 만지는 촉감으로
서로를 끌어안았다

노아야 노하야

글피의 우리를 생각하면서 만났는데
오늘의 우리가 너무 아쉬워

컬러의 앵글로 취해야 할 포즈가 기억나지 않아도
눈을 감고
귀를 막고 입을 닫아도

컬러의 질감만이 만져지는 건 왜일까

그런데 정말로
누군가가 사랑시를 쓰려는데
떠오르는 장면이 지금 우리라면
우린 이제부터 사랑을 시작해야 하나?
아니면 한 적도 없는 사랑을
끝내야 하나?

한 줄의 제목을 붙이다가 문장이 이렇게 길어지면
우린 무슨 말을 들어야 할까

늪의 수면을 걸으면서
우는 기분은
어떤 기분인가
늪의 수면을 걸으면서
부는 휘파람은
어떤 노래여야 할까
늪의 수면을 걸으면서……

당장 멈춰!

새로 태어난 재가
재로 태어난 새가
인간의 미련을 더 앓는다네

하지만
그건 미련도 못 될 만큼 미련스러울 것 같아
제가 죽어 갈 땐
축복이 아니라 저주로 절 살려 주세요

세 줄의 문장 밑에
네 줄의 문장이 더 적히고

너는 잠이 너를 죽일 듯
네가 잠을 죽일 듯 기어가
벤치 모서리를 잡고 잠이 든다

깨어 있는 잠, 이라는 말이 마음에 들지 않았지만
반대말을 적기가 어색했다

당신이 잠들어 있으면
거대한 죄를 지어 놓고
나 홀로 쉬는 것 같았다

아편과 단풍잎이 흐르는 강

탱크는 불타는데
어디선가 굴러온 플라스틱 장난감 탱크가
네 워커를 향해 힘껏 굴러온다
살포시 주워서 불을 붙였어, 나였어 불붙은 장난감을
건네주는 손은
나였다

누군가의 무전기와 휴대전화가 동시에 울리는데
모두가 휴대전화를 찾기 위해 일제히 주머니를 뒤진다

하나둘
 하나
  둘
   여기는 타란툴라

작은 누나
나는 돌아갈 거야
미치도록 온전하게

  물안개

응답하라
물안개 응답하라

날짜를 지우고 들여다보면 세상은 영원히 일요일인 것만
같고

누구한테 먼저 전화 걸 거야?
총통 그 뚱보 자식을 쏴 죽이고 나면

너의 입에 물린 하얗게 빛나는 담뱃대가
녹아내리는 작은 탱크의 불꽃을 빨아들이고
두 모금만 빨게 해 줄 거지?
딱 두 모금만
거칠게 들이미는 X의 손목 위로
오전에 밟아 죽였던 청설모의 갈색 털이 돋아나 있었다

발바닥이 식어 가고 있을 때
너는 거미 같은 자세로 대검과 체리나무 가지를 쥐고
새총을 만든다
너의 청춘에서는

새가 사람을 사냥하곤 했대

네가 운다
이불로 시신처럼 감싸 버려도 그보다 소리 없이 울 수
있다면

사람이 죽어 가는 세계의 후유증만큼
사람이 살아가는 세계의 후유증으로
경련하며 부풀어 가는 대기를 알고 있다

강이 돼 버린 논밭이 차도 옆으로 흐르고
강 건너에서
농장이 불타는데 강 건너 불
불 건너 강을 구경하고 있으면
모두는 점차 다시 분노했던 거야
우리의 몸은 거짓을 위해 창조되었다는 걸
너무나 잘 아는 자들이
홀씨가 전부 날아간 민들레처럼 심어 놓은 진실에 맞서
싸우겠어
너도나도 온몸의 어둠을 닫은 채 총성을 울려 대도

전화벨 소리가
총알에 급소를 뚫린 이의 마지막 숨소리보다 더 오래
더 오래 울리는 세계를 당신들은 무너뜨릴 수 없을 것
이다

열정과 살의는 증명사진 속 표정처럼 영원하겠지

깨진 아스팔트 위에서 나의 엉덩이만 시리고 욱신거려
올 때
너희들은 죽었잖아

네가 산 거지

내린 적 없는 비가 너희보다 더 빠르게 하늘로 되돌아
간다

태어나지 않았던 날들과
세상을 떠난 지 너무 오래된 날들의 풍경을 뒤섞으면서

잘 살고 잘 죽여 줘

존재한 적 없던 시절의 후유증을 생각하곤 했었다

더 롱 앤 와인딩 로드

침수된 선박에서 걸어 나온 것처럼
사람들은 움직이는 중이었다

무지개색 포니테일 머리를 힘없이 흔들거리며 넌
새를 파는 가게를 찾지 못해 한참 동안
겨울 밑에서 헤맸다

새를 향해 걷고 있는 중
새를 향해서 걷고 있는 중

은유를 삭제하고 얘기하면
고체보다 액체의 좌표가 먼저 떠오르고

두 사람이 함께 걷는다는 건
추적인 걸까
수색인 걸까

먼 곳 어딘가로부터 서양식 종소리와 동양식 종소리가
동시에 울려왔고
위성과 별의 빛이 함께 꺼졌다

너는 풀어진 운동화 끈을 질질 끌며 새를 파는 가게를
찾지 못해
시내를 즈려밟으며 헤맨다

초록색 자전거를 끌고 너의 등 뒤로 따라가는 중
온몸의 구멍들로 네 관절들이 삐걱거리는 소리를 들으
며 걷는
너보다 다섯 발자국은 느리게
느리게

그런데 나는
이런 고철을 밀고 가면서
왜 아무런 의성어도 떠올릴 수 없을까

얘 이제 집에 가자
이제 정류장으로 돌아가자

휘파람으로 부를 노래가 생각나지 않아 나는
아무 말도 하고 싶지 않았으나

나의 체온과 같은 온도의 라디오처럼
이제 가자
이제 가자 말하고 있었다

겁낼 거 없어
내일은 주말이잖니
아무도 우릴 막아서지 않는데

아무도 우릴 붙잡지 않는데
우리가 왜 가
우리가 왜 돌아가
우리가 왜 물러가

새를 파는 가게를 찾고 있어요
새를 파는 가게를 찾고 있어요

미안해요 나는 이 동네 사람이 아니에요
미안해요 나는 한국에 온 지 얼마 안 됐답니다

너는 믿지? 이 말들을
물속에서 태어난 새는 존재하지 않는다는
믿음처럼

참 이상하잖아
사람의 번지수는 어느 누구에게도 물어볼 수 없는데
가게의 위치는 아무에게나 물어볼 수 있다는 게

초록색처럼 보이는 노란 자전거를 끌고
너의 등 뒤로 간다

사람이 함께 걷는다는 건
충돌하자는 걸까
추돌하자는 걸까

먼 곳에서 보면
어떤 사람도
사람을 향해 걸어가는 것 같지 않았기 때문에
생체를 향해 걸어가는 것 같지 않았기 때문에

휘파람으로 부를 노래가 아직도 떠오르지 않았다
불렀던 곡을 또 부르긴 싫은데
아니
괜찮은데

나는 자전거를 버린다

혹시 그 노래 알아?

어떤 노래?

내가 내 이름보다 먼저 가르쳐 줬던 노래

몰라

내 이름은 알고 있는 거지

정말로 집에 갈까

겨울의 밑을 헤매는 너와

겨울의 모서리를 누비는 나

너는 믿니?
우리의 위치를

새를 향해 걷다가
새를 향해 걷다가
걸어가다가
수갑처럼 눈부시게 자라나는 손목을
붙잡겠지
유기된 유년을 마저 소진한 서로의

맨발로 성당들 사이를

―

맨발로 성당들 사이를 걸었습니다
맨발로 성당들 사이로 걸었습니다

사람들이 모두 성당으로 변해 버린 거리를
걸었습니다

어떤 사람은 열리지 않고
어떤 사람은 닫히지 않고
뚱뚱한 날개가 튀어나올 듯
폭소도 절규도 아닌 것이 터져 나왔습니다

사랑했을 법한 이의 뒷문을 통과해
덜 사랑했을 법한 이의 앞문으로
조금 더 덜 사랑했을 법한 이의 앞문으로

새들이
날개만 남기고 모두 소거돼 버린 듯 활공하며
허공을 가르고

―

하나의 날개가 하강해 오면

나는 화들짝
피하겠지요
사람이 설 자리에서
사람이 설 자리로

사람은 없는데
사람이 없는데

맨발로 성당들 사이를 걸었습니다
성당들 사이를 맨발로 걸었습니다

어떤 이의 촛대들은 비어 있고
어떤 이의 촛대들은 채워져 있습니다

초에 불을 붙였을 뿐입니다
내게 성냥이 있었을 뿐입니다

성냥이 아니라
성당에 불을 지르는 마음입니다

— 들리지 않을 것 같던 불꽃 소리가 들리면
아픕니다
눈을 감고 들으면 이건
덜 창조된 사람의 소리입니까
덜 창조된 사물의 소리입니까

쇠망치를 꺼내 악기들을 하나씩 내리쳐 부숴 봤을 뿐
입니다
레레 솔 파파파 도 도 미솔
악기는 부서질 때 악기의 소리를 냅니다

누군가 이 프레임 속을 보고 있다면
되감기 버튼을 눌러 보라고 말하고 싶을 뿐입니다
되감기는 왜 돌이켜 복원되는 악기처럼 소리가 없는가
묻고 있을 뿐입니다

되감기 버튼처럼 부서진 풍금의 건반을 고요히 눌러
봅니다

— 내가 성당을 무너뜨릴 수 있을 뿐입니다

성당은 단단합니다
성당은 단단하고 성당의 파편들은 부드럽습니다

사람이 터질 듯이 비어 있는
거리를 맨발로 걸었습니다

바람이 사람의 소리를 내며
불어닥쳐 옵니다
나는 화들짝 넘어지고
다시 일어서겠지요

사람이 서야 할 자리로
사람이 설 자리로

사람이 없는 세기를 맨발로 걷는데
사람 없는 세기를 맨발로 걷는데도
세기가 자꾸 엇박자로 흐르고 있었습니다

사람들이 사라진 세기를 살면서
일곱 세기

아홉 세기 후의 사람까지 미리 용서하면서
걸었습니다

연희동 typing

달빛에 눈을 지지며 네가 얘기해 줬지. 알츠하이머에 걸린 친동생이 너를 사랑한다고. 그건 거위 털로 인중을 비벼야 터지는 재채기처럼 말해 주지 않아도 됐을 이야기지만, 어떤 이야기든지 결단코 해야 할 것 같은 시간이 밀려오곤 한다. 우리가 부르는 줄 잘못 알고 우리 앞에 서 버리는 검은 택시처럼. 밤이 기다랗게 밀어내는 그림자처럼. 너에게 몰래 주고 싶다. 17세기의 어느 왕비는 자신의 비선 세력을 만들기 위해 언어부터 새로 만들었다고 한다. 그 어떤 신하와 백성이 들어도 알아듣지 못해서 그래서 전해지지 못할 언어를 따로 만들고 자기들끼리 마음껏 떠들고 또 떠들어 댔다고 한다. 저자는 죽여야겠어. 타오르는 담뱃재처럼 없애 버려야겠어. 아니야 아니야, 아직은 아니야. 어떻게 죽일지 당장 떠오르지 않으니까. 목을 치거나 사지를 찢거나 발목을 자르거나, 그게 왜 그렇게 중요한지를 생각하다 보면 정말 중요하고 절박한 것을 생각하다가 지쳐 버린 것처럼 지친다. 그때 그 왕비의 언어를 빌려다가 너의 검푸르게 빛나는 허리를 감싼 외투 사이에 남모르게 넣어 주고 싶었지. 알츠하이머에 걸린 동생이 너를 사랑하네. 하지만 그냥 동생이 너를 사랑한다는 말보다도 위험할까. 위험한 말은 어째서 벗겨 내고 벗겨 낼수록 더 위험해지는지 소름이 팔다리처럼 돋아나다 보면 그 뒤의 어떤 말도 다 위험하게 느껴진다. 나 뿌리 염색해야 되겠어, 나 조만간 옷 좀 사야겠어. 우리 집에서 는 화분이 잘 못 자라. 금방 죽어. 다 죽어 버린다니까. 너 는 늦게 들어가도 되니? 차는 몇 시에 끊기니? 말의 내용 이 말 그 자체보다도 위험할까 상상하다 보면 답을 내리 게 되지. 이 모든 일은 연희동에서. 여기는 연희, 사람 이 름 같지. 아니 내 이름 같아. 그건 충분히 웃기지. 충분히 웃겨야 웃는다는 건 얼마나 비통하니. 너는 지하철역에서 가장 멀리 떨어진 곳으로만 나를 데리고 가지. 내 팔도 옆 구리도 감싸지 않고 내 앞에 서지도 않고 나를 끌고 가는 너를 뒤통수로 볼 수 있다면 그때, 그때는 어떤 마음으로 너를 시인하게 될까 나는 궁금해했으면 좋겠다. 너는 자주 다른 사람을 나로 착각하지. 연희야, 연희야, 저것 좀 봐. 아 죄송합니다. 연희야, 연희야 저것 좀 봐. 밟혀 죽고 싶 을 만큼 아름답지 않니. 근데 나 방금 정말 민망했다. 너도 봤지? 그 사람 표정. 놀라던 표정, 내가 자백이라도 한 줄 알겠어. 자백을 해도 똑같은 표정을 지을까? 너 수학 전 공이지? 이런 건 방정식으로 풀어낼 수 없겠니? 나는 집 으로 가고 싶지 않아. 집에 가면 그 개새끼가 나를 사랑한대. 개새끼가 알츠하이머에 걸릴 줄 누가 알았겠니. 나와 개새끼가 동화 속 남매들이었다고 해도 그런 저주 따위는 상상하지 못할 거야. 동화 속엔 알츠하이머라는 말이 없네. 연희야, 그렇지? 연희야 그렇지 않니? 내 이름을 부르는 너는 곧 달려 나갈 것 같지. 대각선으로, 동쪽으로, 아니 서쪽으로. 그러나 알고 있다. 달려 나갈 것 같다, 라는 문장과 달려 나가기라도 할 것 같다, 라는 문장의 내재율적 차이를 충분히 구분해 내지 못하면서 내재율이라는 어휘만 알고 있는 나는 석사 과정의 이과생. 네가 읽어 줬으니까. 눈 내리는 내재율이라는 시. 길지도 짧지도 않았던 그 시. 내재율이 뭐니. 내재율은 외재율의 반대말이야. 외재율이 뭐니. 외재율은 내재율의 반대말이야. 너무 달콤해서 목구멍이 아파 올 만큼 달콤한 목소리로 읽어 줬으니까. 나 울컥해서 목이 아픈 줄 알고 고이지도 않은 눈물을 삼켰으니까. 그러니까 이건 연희동에서의 일. 어느 동네도 하나의 색깔로 그려질 수 없으니까. 도화지의 여백은 도화지 빼고 무엇이든지 표현하니까. 수억 가지도 표현하니까. 그러나 연희동은 하얀색이 아니니까. 그러니 어서 씹어 삼킬 듯 나를 안아 줄래. 등 뒤에서. 늙지도 않고 이렇게 자라는 중이야.

비처럼 비밀처럼 비망처럼

소설도 아니고 르포도 아닌 이야기가 존재할 수 있을까
비처럼
비밀처럼
그런 게 있다면
비망처럼

그건 인간의 육신으로는 감지할 수 없을 만큼
슬플 것 같아

그 애는 이제 오지 않아
더는 기다리지 마
저쪽 한켠에서 심해의 물고기처럼 입을 벌린 화장실이
있고
주인 없는 욕조에서 피어나는 회색 꽃들이 보이니
나의 시력같이
그 애는 이제 없어
최초의 성탄절처럼

신문 1면에서 그의 이름을 봤어
그 애가 숨어들어 있다던

하얀 종이의 모서리보다 뾰족한 지붕의 저택을 사진으로 내려다보고 있었어
수십 명의 사람들이 신문 가판대 앞에서 허리를 수그리고
내려다보고 있었어
그 애를 하늘에서 본 건 모두가 처음이었겠지
하지만 땅에서 본 사람은 있었을까?

그 애가 지나가는 곳마다 힘없이 눈이 내리던 작년 사월을 기억한다
확실히 아름다웠지
남자인지 여자인지
사람인지 짐승인지조차 분간할 수 없을 만큼
그 따가운 아름다움을 견딜 수 없을 때마다
기절했어 포근하게
깨어나서 거울을 마주 보면
쌍둥이를 마주친 신처럼 화들짝 놀라고 말았어

그 애는 확실히 악마 같았어
악마가 지나간 자리처럼 눈송이들이 힘없이

힘없이 운명을 달리하며 아스팔트 위로 추락하고 있
었네

악마는 조수석에 앉기를 싫어했어
그래서 조수석의 가죽 커버가 주검처럼 차갑게 식어
갔어
감기 걸릴 것 같았어

나는 그 애를 랭글러 뒷좌석에 앉혀 놓고
질질 끌고 다녔어
일정 시속 이상으로는 그와 나란히 살아갈 수 없는 세
상이었다

앞좌석과 뒷좌석의 간격 안에서
우리는 뉴스처럼 서로에게 말해 주었다

탱고 들을래?

너는 탱고도 발음할 줄 모르는구나
바보 babobabo

나는 목줄을 맨 채 주인보다 더 멀리 앞서가는 개처럼
그를 질질 끌고 다녔어
끌고 다니다가
목이 졸리도록 끌고 다니다가

내가 기어이 사람이 된 것 같았단다
이게 온전한 사람이 되는 거로구나

각자가 완전한 사람이 될 때 우리 보지 말자
그 애가 공중전화 너머로 해 준 이야기가
어떤 뜻이었는지
언어를 이해하게 된 개처럼

기억이 났지 뭐야

그 애는 오지 않아 기다리지 마
혹은 숨이 끊어지기 직전까지만 기다려

가디언즈 신문 1면에서 그의 이름을 봤을 뿐이야

그가 숨어들어 있던
하얀 종이의 모서리보다 뾰족한 지붕의 저택 위로
무자비한 폭격이 가해졌다는 기사를 지나치듯 읽었다

회색 연기가 영원토록 꺼지지 않을 듯이
허공 위로 솟구치고 또 솟구쳐 올랐다는 기사를
읽었을 뿐이야

CNN도 아니고 가디언즈라니
사랑스럽고 천박해
babobabo 바보

비망처럼
비밀처럼
비처럼

이렇게나 지독한 아리따움을 내게
보균시켜 놓고
CNN도 아니고 가디언즈 속에서 불타 버렸다니

얼굴만 지워도
피부만 벗겨 놓아도
미워할 수 없는 게 사람이라고

그 애 그런 가사도 없이
노래 불렀지

잘 들어 봐
빠르게 듣거나
느리게 들으면
가사가 들릴 거야 하면서
잘 들어 봐

잘 좀 들어 봐
하면서
그 애

두 번 다시 들이닥치지 않을 거야

전쟁처럼

혼탁해지는
이 안구의 유리액처럼

간악한 열정의 자장가

입술을 맞대면 내 몸속은 갱도가 되지
바람도 내 안에서는 길을 잃지

타인의 체온은 조금 전 타오르기 시작한 잡목 숲
너의 체온은 다 타 가는 잡목 숲의 잔불

불이라는 단어의 종속보다 오래 타올라도 괜찮아

괜찮아 이젠
피로도 물로도 너는 미움받지 않아

우리는 마왕처럼 사람에게 저주받지 않는다네

시체가 떠오르지 않아도
저수지는 얼어붙지 않는다

비밀이 시체처럼 떠올라 주지 않아도
너에게 발목부터 잠기리
나 너에게 기어서 가리

21그램의 재야
아침을 표백된 밤으로 만들어 다오

내 시큼한 손등 위에 입술을 맞대고

너는 갱도가 되지

오늘의 간악한 실패

간악한 패배

모서리 없는 사각형이 등장하는 꿈보다 쉽게
사랑받고 사랑해 줄래

Once Upon A Time In Heaven

다시는 이런 식으로
내 삶에 각축되지 말아 줄래

씬(scene) 안으로 마이크가 비춰 들어오면 곤란하잖니

우리는 그래도 빛이 꺼진 천재가 되어 있을 테니까
　김종삼이 했던 말들과 하지 않았던 말들까지도 수신이
한 박자 느린 전화기처럼 똑같이 구사하는
　우리는 고작 스물다섯도 되어 있지 않을 테니까

　'학교는 대체 언제 졸업하고 대학원은 도대체 몇 살에
갈래? 네가 전공하던 게 뭔지 기억이나 하고는 있니? 지
도교수가 입이 닳도록 나불대던 움베르토 에코가 누군지
는 기억이 나? 너 때문에 자퇴한 애들 이름은? 네가 뭘 쓰
는지는 기억하고 있어?'
　반은 피우고 반은 그냥 태워 먹은 담배를 부러질 듯이
왼손에 쥐고
　내가 내 몸에 사랑니처럼 박혀 있는 정체성들을 하나
둘씩 까먹을 때쯤까지만 내 곁에 있어 주겠다고 그러면서
　나는 지금 스물두 살인데

마치 열두 살에 미리 다 까먹기라도 한 것같이 느껴지
는 일들을 여전히 묻고 있으면
  그런 네가 얼마나 외로웠는지

  나는 상상할 수 없어도 연루되어 있었으니까

  고등학교 2학년, 난생처음으로 자진해서 들어갔던 방
과 후 소설 창작 교실에서
  나에게 '간접경험(indirect experience)'이라는 말이 세상
에 있는지 알려 주기도 전에
  너는 간접경험이 정말 풍요로운 녀석이야. 그런데 도대
체 글을 왜 그렇게 쓰는 거니?
  라고 말해 주던 국어 선생님조차
  학교를 떠나기 직전까지 성함을 물어보지 않는 나를 이
상하게 생각하지 않았으니까

  너는 날이 부러진 칼을 흔들며 내 이름을 부를 테니까
  사계절이 시침과 분침과 초침처럼 겹쳐 드는 날에
  나를 사랑하던 이들이 무균실의 균들처럼 전부 빠져나
가 버리는 날에

내 이름으로 나를 부르다가
아무도 모르게 점점 다시 네 이름으로 나를 부르면서
내가 달려가게 만들 테니까

얼지 않아도 멈춰 버리는 파도의 질감이 뭘까, 상상하
다가
시간을 다 보내 버리는 정도면 될까

나의 빛나는
나의 더러운
천사
나의 사랑스러운 푸른색 순록

미처 대명사밖에는 되지 못할 생들을 둘러메고 올라갈
테니까

하이데거의 잠꼬대처럼 세계가 응시만은 할 수 없는 곳
이 되었을 테니까
천국도 개국일이라는 게 있었을 테니까

그 어느 날
그 어느 때

글이고 뭐고 인간부터 되는 게 어떻겠니?

너는 훌륭한 실패를 이야기하지만 실패할 대상을 고르는 데는 참 형편없다는 거 알았으면 해

그대의 글을 좋아해요. 그대만 없었더라면 더 사랑해 줄 텐데

반딧불의 어둠과 얼음의 온기에 홀리는 소녀처럼 모순되는 질문들
얼마나 고요해지기 위해서 이렇게까지
무섭게 달려드시는지들

그래요

Once Upon A Time

In Heaven

두 번 다시 이런 식으로 각축되지는 않을 테지요
물렁한 입술과 뺨들

마저 편집되기도 전에 멀찍이 튕겨져 나가
이 지상을 넓혀들 보시라고
신이 우리에게 맡겨 놓은 이 호라이즌

소거로 수렴되는 존재와 시의 추상

신수진(문학평론가)

1. 성장을 거부하는 요나 콤플렉스로부터

극화된 성장 서사와 자기 고백적인 화법으로 써진 서요나의 첫 시집에는 기독교적 코드가 많이 발견된다. 시의 몸을 이루는 사랑, 용서, 사람, 성장, 죽음, 천사, 꿈 같은 키워드들은 신앙 여부와 관계없이 시란 무엇인가에 대한 시인의 질의와 응답이 어떤 도정에 있는지 대략적으로 짐작하게 한다. 이 세상은 "천국의 식민지"로 규정되고(「시인의 말」), "태초에 말씀이 있었으니"라는 전언으로 울리며(「merry merry bluesy」), "재해는 은혜라고 생각해?"라는 물음으로 가득 찬다(「시크릿 시거렛 스크럼」). 세계관, 어조, 어휘뿐 아니라 '요나'라는 필명부터 성서적 메타포를 견인한다.

서슴없이 반감을 드러내는 불온성과 굳이 감추려 들지 않는 미숙함의 불협화음에도 불구하고 신성과 세속으로 마주한 구도가 처음부터 텍스트에 기입되어 있음은 부인

할 수 없다. 미성년 화자로 보이는 화자의 일상성은 끊임없이 누군가를 부르는 구어체의 대화로, 꿈을 꾸듯 완전한 세계의 영역을 예감하는 순간은 장식적인 수사로 발화되며 서로를 비춘다. 시인은 두 세계의 대립이나 조우에 관심을 두는 것이 아니라 "글이고 뭐고 인간부터 되는 게 어떻겠니?"라고 시니컬하게 말할 뿐이다(「Once Upon A Time In Heaven」). 이원론적 차원의 배치는 시공간의 중첩과 존재의 변환 같은 테제들과 뒤섞이며 현상계의 정체와 총체를 의심하도록 한다. 나의 감정과 기억은 정말 나의 것인가, 내가 감각하는 세계는 진짜인가, 나의 세계는 전체인가 매트릭스인가 하는 유의 탐구는 아무래도 종교의 재질에 닿아 있다.

요나는 신이 맡긴 운명적인 임무를 두려워한 나머지 필사적으로 도망쳤던 구약의 예언자다. 『요나서』는 느닷없이 시작해 신의 음성을 들려준다. "너는 어서 일어나 저 큰 성읍 니느웨로 가서 외쳐라. 그들의 죄가 내 앞에까지 이르렀음이니라." 신은 지극히 평범한 요나에게 그의 조국 이스라엘을 멸망시킨 앗시리아 제국의 수도로 가서 그들의 구원을 위해 신의 말씀을 선포하라는 터무니없는 임무를 내린 것이다. 요나는 운명을 거역하지만 풍랑 속에 물고기에게 삼켜지고 사흘 만에 살아난 뒤 훌륭한 종이 되어 신의 뜻을 이룬다. 다른 예언서들이 자타의 민족에게 전하는 메시지를 주된 내용으로 삼은 것과 달리 전기처럼 기록된 『요나서』는 연대기적 진위의 문제를 불러일으키는 시가 등장하기도 해서 문학적 상징으로 해석될 수 있는 여지가 많다.

신을 마주하기를 거부하는 요나의 심정을 '요나 콤플렉스'라는 학문 용어로 정의했던 매슬로는 자기 자신에게 도전하는 것을 저지하는 수동적이고 부정적인 자기방어 기제를 극복해 자기실현을 이루어야 한다고 했다. 성장에 대한 두려움을 연구한 심리학적 가설에 의하면 사람들은 실패만 두려워하는 것이 아니라 성공도 두려워하기에 기회를 갖고도 회피하는 양상을 보인다. 그것은 자기실현이라는 목적에서 볼 때 장애 요소지만 도약을 위한 훈련 코스이기도 하다. 대부분의 인간은 규범에 순응하고 자아를 최소화함으로써 사회적 안전을 보장받고자 한다. 그러나 위대한 인간은 스스로 잠재력을 고무해 자기 존재를 갱신하고 유일하고 궁극적인 생의 의미를 획득하고자 한다.

그렇다면 계시와 부름, 불순종과 고난, 회개와 부활, 응답과 실현으로 집약되는 『요나서』의 극적인 플롯은 성장의 필수불가결한 장들로 예비된 문학적 자기실현의 드라마로 읽을 수 있겠다. 문학적 자기실현의 알레고리라는 해석에서 본다면 어서 일어나 이방으로 가라는 이 명령은 신의 음성이기도 하지만 자기 본연의 소리이기도 하다. 본질적 자아를 조우하기 위해서는 보편에서 누락되고 세계와 불화하며 절망과 위악으로 고안된 풍랑 속의 폐쇄회로에 스스로 유폐되는 통과의례를 반드시 거쳐야 하는 것이다. 위대한 랍비 힐렐은 이렇게 묻는다. "내가 나 자신을 위하지 않는다면, 누가 나를 위할 것인가? 내가 나 자신을 위한 유일한 존재라면, 나는 누구인가? 지금이 아니라면, 언제란 말인가?" 시인은 마침내 자신의 고유한 임무인 첫 시집의 출항 준비를 끝내고 지금 여기 그 첫울음을 개시하고자 한다.

2. 물속 아케이드의 데페이즈망과 순환론적 세계관

본래의 거주지에서 다른 곳으로 추방 또는 유배되는 것을 의미하는 데페이즈망은 초현실주의에서 어떤 물체를 본래 있던 곳에서 떼어 내는 것을 가리킨다. "재봉틀과 우산이 해부대 위에서 우연히 만나듯이 아름답다!"이라는 로트레아몽의 시는 데페이즈망을 직관적으로 이해할 수 있게 해 주는 하나의 전형이다. 낯익은 사물이라도 일상적인 질서에서 예기치 못한 장소로 이식되면 그것이 본래 지니고 있던 실용적인 성격이 배제되고 독자적인 감각이 연출되면서 심리적인 충격과 환기를 일으키게 되는 것이다.

예컨대 미술에서 시간의 추상성을 녹아내리는 시계로 표현한 살바도르 달리, 기호와 상징으로 그림을 시처럼 표현한 호안 미로, 오브제 자체에 변형을 주지는 않지만 낯선 병치를 통해 중첩·확장·고립 등을 표현한 르네 마그리트 같은 초현실주의 화가들이 데페이즈망을 통해 화면을 구성하고 무의식을 해방시켜 합리성 너머의 세계를 전개했던 것처럼, 시인은 사물들을 부적합해 보이는 자리로 수집하고 배치함으로써 꿈의 형상들을 언어로 재조립한다. 그것은 "훌륭한 실패를 이야기하지만 실패할 대상을 고르는 데는 참 형편없"는 키치의 저변이 되기도 하고 "지상을 넓혀들 보시라고/신이 우리에게 맡겨 놓은 이 호라이즌"의 무대가 되기도 한다(「Once Upon A Time In Heaven」). 쓰레기가 떠다니는 물 밖과 아름다운 물속이라는 데페이즈망으로 시의 발단을 구성한 서요나의 세계관을 들여다보자.

빗소리는 땅에서 나는 소리인데
왜 모두가 저 소리를 들으려고
하늘부터 올려다볼까

맥박과 숨과 심박과
빗소리가 점차 섞이면서
어류의 운율로 된 의문을 뽑아내고 있었고
사위가 녹음기 속으로 빨려 들어간 것처럼 캄캄했다

네가 내 무릎을 짚고 일어난다
청바지 주머니 속으로부터 손거울이 떨어진다
나뭇가지들 사이로 여과되어 떨어지는 빗방울들이
너의 얼굴로 떨어지다가
다시 머리로 떨어진다

근데
여기가 어디야?

여기가 어디냐고?

질문들이 모두

손바닥보다 작은 거울 속에서만 울려 퍼졌다

—「봄날의 서스펜스」부분

　서요나의 시집에서 데자뷰처럼 반복되는 장면이 있는데 그것은 죽은 나무처럼 이 세상이 아닌 어떤 먼 곳으로부터 울리는 전화벨 소리다. 그것은 불현듯 들려오는 신의 음성처럼 '나'의 잠을 깨우고 갑작스러운 신의 방문처럼 '나'를 일으킨다. 그것은 여러 시공간의 차원들이 중첩되거나 사건들이 재배치될 때 그 너머의 차원이 현현되고 있음을 고지하는 하나의 계시다. 그러나 그것은 모호한 예후로만 직감될 뿐 명징한 각성으로 나아가지 못한다.

　꿈속의 꿈처럼 전개되는 이 이야기 속에서 '너'는 줄곧 꿈속에서 나무를 봤는지 '나'에게 묻는다. '나'는 그 질문을 듣지 못하기도 하고, 엉뚱한 반문을 하기도 하다가, 자신이 나무였다는 대답을 해 준다. 사실 꿈에서 나무를 봤는지 안 봤는지는 처음부터 중요치 않을 것이다. 서로가 서로에게 이곳이 어디인지 묻고 있는 것처럼, '나'가 깨어 있었는지 잠들어 있었는지 알 수 없는 것처럼, '너'의 질문과 '나'의 대답이 음성이었는지 문자였는지 판단할 수 없는 것처럼, 잠과 꿈, 나무와 비, 질문과 대답은 그저 역행하는 환상들이며 데페이즈망의 오브제들이기 때문이다.

　서요나의 시에서 자주 호출되는 이 미장센에서 어떤 것

도 멈춰 있는 것은 없다. '나'는 꿈의 매트릭스 안에서 기하
급수적으로 늘어나는 겹겹의 꿈들을 관통하고 나무와 몸
바꾸며 죽음과도 같은 잠 속에 빠져든다. 유폐된 단독자로
서 나무의 이미지로 형상화되는 서요나의 자아는 존재론적
허상으로 분열과 복제를 거듭하며 윤회하듯 꿈속의 꿈들을
돌고 돈다. **"나무의 눈에 비친 인간은 본래/망자"**였으므로,
"우리는 영원토록 나무들의/애도를 받으면서 걷는"다(「보리
와 안개의 시절」).

    복사되고 또 복사되듯이
    늙어 가듯이
    비가 너무 자주 쏟아졌어
    세상이 온통 물의 무덤인 것처럼

    이미 알고 있었던 거야
    몸속에는 혈액보다 그늘이 더 많다는 걸

    누군가의 무덤을 빌려서 숨 쉬고 사는 일이라는 게
    종종 너무 힘에 겨워서
    정지된 안개 같은 캠퍼스 건물 속에 이 몸들을 억류해 두
고

    저수지 밑에 잠긴 호텔처럼
    푸르러지며

유빙되는 어깨
유빙되는 어깨

목덜미를 맞붙이고 속삭여도
비문으로 들리는 이야기를
서로의 지워진 아가미 속에
넣어 줬지

ーー「캠퍼스 커플」부분

　서요나에게 우리의 삶은 그 이전과 그 이후 사이에 계류
되거나 혹은 안과 바깥 사이의 중간층에 해당하는 어떤 기
착지다. 시작도 끝도 없는 이 순환 시스템 안에서 '우리'는
"복사되고 또 복사"되면서 "늙어" 간다. '우리'라는 대명사로
지칭되는 '나'의 생은 '너'와 변별되는 고유성을 지닐 수 없
고 '나'가 독자적 존재가 아니라면 '너' 그리고 다른 누구와
도 대체 가능해진다. 그래서 '나'는 살아 있어도 살아 있는
것이 아니고 "산목숨으로 애도(哀悼)를 선사받는" 것이다.
　어깨가 "유빙되"고 아가미가 "지워"지는 "물의 무덤"에
서 무력함을 실감하는 '나'는 아무것도 은유하거나 정의할
수 없고 선택하거나 전복할 수 없기에 "비문으로 들리는 이
야기"만을 계속한다. 시는 단지 현상 세계처럼 생성과 활성
그리고 소멸을 거치는 메커니즘을 지속할 뿐이다. 복사되
고 반복되며 마모되어 가도록 설계된 이 무연한 회로는 자

연과 사물과 인간 그 어떤 것도 분별하지 않는다.

너는 마치 하나님과 짐승의 혼종인 것처럼
내게 언제나 사랑스러웠구나

수몰된 아케이드를 감상했네
물속의 아케이드를

아케이드가 너무 아름다워서
물처럼 빠져 죽을 수도 있을 것만 같았지

물이 우리에게 시력을 되돌려주고
팔다리를 되돌려주었지만

민율과 나는 아직도 기억을 못 해
누가 기타를 버리러 가자고 했는지

그래
마치 우린 전염병에 감염된 것 같아
천사로부터

미래를 잠깐만 떠올려도 현기증이 피어나는 것 같은데
과거를 거꾸로 되짚으면 왜
조금도 피곤하지 않을까

이런 건 어때?
스물여섯에서
스물일곱으로의 환생
스물일곱에서
스물여덟으로의
환생

—「물과 민율」 부분

　인간과 천사, 언어와 침묵, 어둠과 빛 등으로 그 진영을
이루는 이분법적 세계는 비나 눈으로 내리고 흐르고 증발
하는 물의 모티프로 존재의 변환과 운행 체계를 제시한다.
세계는 기억과 감각으로 멀미를 일으키는 비정형의 찰나
이고 전망 없이 반복하고 번복되는 환멸의 운동이다. 귀를
막아도 부패해 가는 "물의 숨소리"는 들려오고, 줄을 튕기
지 않아도 버리러 가던 "빌어먹을 기타"는 "연주"된다. 견
딜 수 없는 것은 '나'와 '너'가 어쩔 도리 없이 "하얀 컴퓨터
주위를 빙글빙글" 도는 것, 다시 그때로 돌아간다 해도 여
전히 "불 꺼진 방 안의 컴퓨터 주위를/돌고 있"어야 한다는
것이다.
　"미래를 잠깐만 떠올려도 현기증이 피어나는 것"은 "전염
병에 감염된 것" 같은 이 강박적 루트에서 벗어날 수 없고
그래서 "오르골 위의 발레리나 같은 포즈"밖에 취할 수 없으
므로 차라리 "아케이드를 향해 뛰어들 준비"를 하게 되기 때

문이다. 그곳은 현실과 삶의 경계를 넘어서는 다른 차원의 곳이다. 환상일지 죽음일지 모를 트랙 바깥의 "물속의 아케이드"에서 비로소 '너'는 자라고 '나'는 춤춘다. 결국 이곳이 아니어야 하는 것이다. 이는 현실의 모든 가능태를 종료시켰을 때에만 불이 켜지는 물속 회로를 설계하도록 한다.

"알 수/없는 밤이 계속"되는 곳(「겨울이 구더기처럼 그대들의 아가리 속에서 기어 나오네」), "도래하지 않을 아침을 기다리"는 곳에서는(「클리티아 너의 클리티아」) 인과도 원본도 무의미하므로 '나'와 '너'는 경험이나 과정 없이도 유사한 고통에 처하게 된다. 흔히 문학에서는 타자와의 합일과 실패에서 기인하는 고통이 병폐 현상으로 나타나는데 여기에서 '나'는 '너'와 동일체나 다름없으므로 평행우주 같은 복제의 전조만을 직감할 뿐이다. 그래서 '나'는 전염병에 "감염된 것"이 아니라 "감염된 것 같아"라고 말한다. 자신이 병에 걸렸다고 믿게 하고 싶다면 실제 병에 걸린 것보다 더 실감 나는 통증과 감염 그리고 죽음의 증상들을 연출해야 한다. 그때 병은 몸으로부터 전달된 신호가 아니므로 아프기 전에 아픔의 절정을 예언하는 형태로 드러난다. 사랑이나 파토스는 시작과 끝이 없는 순환논리 속의 오류 값이기에 '나'는 자기부정으로 회귀하는 모순적인 명제인 자신의 기원을 주시할 뿐이다.

"하나님과 짐승의 혼종"인 것처럼 병에 걸린 것처럼 "하나도 궁금하지 않"은 무한한 환생의 날들 속에서 "정교한 흉기"가 되었던 '나'와 '너'는 "과거를 거꾸로 되짚"어 처음으로 되돌아가는 역행을 반복한다. "나 홀로 여기에서/여기에서 나 홀로 춤추고 있네"라는 절대적인 지향으로서 "수몰된 아케이드를 감상"할 때 '나'는 "물처럼 빠져 죽을 수도 있을 것" 같다고 생각한다. 이것은 이데아의 물가에 앉은 나르키소스의 모습이다. 오직 자기의 내부만을 응시하는 이 시선은 성장이 아니라 죽음으로 향할 수밖에 없다.

3. 소거와 역설의 방법론으로 기획한 존재의 구현

서요나가 천착하는 것은 '나'는 왜 '너'가 아니고 '나'인가에 대한 가장 근원적인 질문에 답을 구하는 일이다. '나'와 '너' 그리고 '우리'의 공통성을 하나씩 지워 가면 가장 마지막에 남는 요소가 그 존재의 본질일 것인데 이 소거법의 행렬 끝에는 아무것도 남지 않게 되고 바로 그때 그 아무것도 없음을 명징하게 재확인하는 작업이 시의 존재론적 행위로 재현된다. 아무것도 없음의 기호로 공집합이 표기됨으로써 도리어 아무것도 없음의 존재가 그 자리에서 부상하듯이, 공백만이 남을 때까지 소거해 가면 결국 그 자리에 남는 것은 아무것도 없다는 인식과 도돌이표처럼 반복되는 행위의 강화다. 편편의 시에서 방대한 양의 언어를 쏟아 내면서 그는 언어 이전으로 되돌아가는 운동성을 보고 있다.

얼굴은 이미 아득한 하나의 관통상이었기에
얼굴에는 상처를 내선 안 된다고 모두가 외치는
이 행성에서

상처란 생겨나는 것이 아닌

고작 없어지는 것에 불과하다고

아무도 속삭여 주지 않는 이 모래 위에서

너는 매번 얼굴이 소거될 만큼 먼 곳에서만 나를 챙겨 주
었다

나의 생일, 수술, 졸업, 성년

그리고 집으로 갔다

너라는 상처가 자꾸만 사라지는 시절에도

그다음 시절이 초록빛으로 쏟아져 스며드는 물약의 냄새
처럼

밀려들어 왔지만

—「울리 리모네크」부분

"이 세상은 지상과 천국의 교배종이라고 배웠다"라는 문
장에서 '교배종이다'가 아니라 "교배종이라고 배웠다"고 하
는 '나'는 아직 성장기의 페르소나를 갖고 있다. 누군가의
이름을 다정하게 부르며 시작되는 다른 시들과 마찬가지로
"울리야"라고 시작되는 이 이야기에서 맨발로 교실 앞문을
열고 들어오는 미호, 오른 손목의 동맥에 "온 마음"과 "기
분"을 전부 밀어 넣는 울리, "이 세상의 어른들과 어른들의
어른들은 성장만을 가르치고/진화는 가르쳐 주지 않"는다
고 불평하는 '나'는 끝내 집에 당도하지 못한다.

울음과 우는 사람과 그다음엔 무엇도 되지 못하는 이 영

229

원회귀의 슬픔은 상처는 생겨나는 것이 아닌 "고작 없어지는 것", 폴라로이드 필름에 "영영 아무것도 현상되"지 않는 것, "나를 찾고 싶어 하는 사람이 모두 죽고 난 뒤에도 숨어 있"는 것이라고 노래한다. 얼굴도 기억도 시간도 부정되는 이 소거의 수식에서 어느새 "울리야"라는 호명은 "내 이름은 울리"로 바뀐다. "생일, 수술, 졸업, 성년"을 되감기하는 이 이야기에서 "하루가 유년보다 길고/유년이 이생보다 길"다는 것은 그토록 집으로 돌아가고자 했던 걸음이 결국 태초의 시간으로 되돌아가고자 하는 염원이었음을 알게 한다. 그래서 "눈과 귀가 시들어 버리"고 "풍선들이 일제히 불타올라 사라"질 때 "살아 볼 거야"라던 생일은 거꾸로 죽음의 순간으로 읽힌다.

대단히 긴 분량과 어휘 목록에도 불구하고 시의 스토리 파악이 어려운 것은 정제되지 않은 화법과 부재하는 플롯 때문이다. 길고 긴 비문 덩어리만을 맞닥뜨리게 하는 서요나의 시에서 공시적인 담론은 출현하지 않는다. 과잉된 레토릭은 의미와 이해의 축을 부수어 나간다. 언어가 상징계의 기표라는 것을 생각해 볼 때 이는 언어의 용법을 위반하고 구조를 파기하면서 언어가 언어가 아니길 바라는 모반을 감행하는 것으로 볼 수 있다. 그러나 시적 자아에 의해서 상상되고 재편되는 사물과 관념은 우위를 점한 주체의 시선으로만 세계를 정립하게 되는 자기동일성의 한계를 지닌다. 그래서 시인은 시적 문법이 작동될 때 주체의 권력에 의해 고정되는 사물들을 해방시키고 시적인 것들을 하나씩

해제함으로써 인식 바깥에 있는 무한한 세계를 그 자리에
그대로 두고자 하는 것이다.

> 너에게 다 버려도 좋다고 너 믿었었지
> 흠뻑 젖은 나의 수면 양말
> 설치할 건물을 찾지 못하는 창문
> 부러진 사다리를
> *감기와*
> *훔쳐 온 장신구들*
> *너는 다 받을 수 있다고*
> *내가 아니라 네 속에서 뚫고 나오는 기억처럼*
> 기억처럼
> 익사의 공포가 익사의 기억인 듯
> 엄습해 오는 순간이여
>
> —「구애의 산란」 부분

"익사의 공포가 익사의 기억인 듯/엄습해 오는 순간이
여"라고 하는 진술에 주목해 본다. 익사의 공포를 익사의
기억으로 착각하고 있는 이 문장은 기억의 오류와 마치 실
제 같은 그래서 실제와 구별할 수 없는 가상의 감각을 명
시하고 있다. 실제 경험은 없었지만 무서움을 체감하는 정
서 자체는 실제적 결과인 것이다. 익사한 적이 없는데 마
치 그런 일을 겪은 것처럼 기억하면서 실제로 공포를 느끼
는 이 지점이 서요나의 시를 성장 서사로 이해하게 한다.

231

그는 아무것도 겪지 않았던 것이다. "누군가가 사랑시를 쓰려는데/떠오르는 장면이 지금 우리라면/우린 이제부터 사랑을 시작해야 하나?/아니면 한 적도 없는 사랑을/끝내야 하나?"라고 한 것처럼 그는 죽음도 사랑도 겪지 않았다(「노하와 나」). 다만 "존재한 적 없던 시절의 후유증"만은 실제인 것이다(「아편과 단풍잎이 흐르는 강」).

시집에는 소리가 녹음되는 정황과 녹음된 것이 재생되는 장면이 자주 등장하는데 존재와 비존재를, 실제와 가상을, 잠과 꿈을, 나와 너를 반대로 뒤집어 놓은 이 시집에서 이 녹음기의 기능 또한 거꾸로 해석해야 한다. 그렇다면 녹음은 소리를 포획하고 저장하는 것이 아니라 소리를 방기하고 삭제하는 것이 된다. 소리가 녹음되는 현장은 소리들이 사라지고 있는 순간들이며 소리를 재생시키고 있는 '나'는 소리들을 지우고 있는 것이다. 어떤 존재도 고유성을 지니지 못하므로 대체와 처분 가능한 대상으로 전락하는 세계에서 소리 또한 유일무이한 원본의 라이브가 아니라 녹음되고 재생되고 사라지는 메아리에 불과한 것이다.

그래서 '나'는 "아무런 불순물 없이 홀로 남은 공포의 주인은/얼마나 아리따울까"라고 생각하는 것이며 "내가 오로지 나의 공포만을 원형으로 가진다면/오로지 나의 애정만을 원본으로 가진다면/나는 얼마나 눈이 부시도록/아름다울까" 상상하는 것이다. 진본이 지닌 아우라에 대한 꿈은 "워크맨이 툭/하고 꺼지"듯 이내 공포도 애정도 아름다움도 그 어떤 것도 자기의 것으로 갖지 못하는 시뮬라크르의 자전으로 복귀한다.(「소름의 역사」)

> 음향기 속에서 너는
> 신체의 보이지 않는 곳부터 천천히 음향기가 되어 가고
>
> 네가 신에 버금가는 크기의 상처를 내게 줘 버렸을 때조
차
> 네가 신이 아니라면
> 그땐 어떤 욕을 구사해 줘야 할까
>
> 소이야
> 아무리 쳐다봐도 가까워지지 않는 숲을 쳐다보며
> 대사가 없는 소설만 골라 읽었지
> 말이 없는 세계를
> 문장만 남은 세계라는 이름으로 부르며 웃고 울었는데
> 문장이 없어서 쓸 수 없는 세계를
> 말이 사라지고 모든 게 남아 버린 세계로 읽으며
>   —「merry merry bluesy」 부분

"텅 빈 교실에 앉아/방정식 문제를 풀며/아무것도 들려
오지 않는 녹음 파일을 듣고 있"을 때 '내'가 듣는 것은 소리
가 없는 파일이다. 그것은 분명히 녹음되어 있지만 소리 없
음이 녹음되어 있는 것이다. 이는 '없음'을 존재하게 한다.
"대사가 없는 소설"이나 "말이 없는 세계" 역시 소리와 글

자를 지워 나가는 일관된 소거법을 개진한다. 그렇게 함으로써 역설적으로 소리와 글자는 세계를 충만하게 채우는 전부라는 것을 알 수 있다. 아무것도 녹음되어 있지 않은 녹음 파일을 듣고 있는 '나'는 결국 무수한 언어들을 그것으로부터 복기하고 있는 셈이다.

"네가 신에 버금가는 크기의 상처를 내게 줘 버렸을 때"라는 문장에서도 '너'의 절대성은 '너'가 아니면 사라져 버리는 세계로 읽히듯이 존재를 이해하기 위해서 존재를 삭제하는 방식이 여기에는 있다. 이는 마치 "괴담의 주인공들은 언제나 괴담 속에서 외롭게 보이"고 "천사보다 아름다운 것들이 이 땅에는 넘쳐나는데/천사만 없다는 사실이/나를 공포에 질리게" 하는 것과도 같다(「소름의 역사」). '춤춘다'라는 표현이 부동자세로 읽히는 것도 가만히 있는 것 자체가 춤의 한 방식으로 작동하고 있기 때문이다(「물과 민율」). "표정이 사라져 가는 얼굴"이라는 미동의 상태가 내포하고 있는 복합적인 감정이나(「버려 가는 사랑의 노래」), "도화지 빼고 무엇이든지 표현"하는 "도화지의 여백"도 마찬가지다(「연희동 typing」).

서요나는 방언처럼 쏟아져 나오는 언어들에서 의미의 부합이나 이미지의 상응을 저버리고 비껴가면서 시의 완성도를 향해 나아가는 것이 아니라 형체 없는 기표들의 조짐을 투척한다. 시가 시라고 불리기 이전으로 다시 돌아가야 한다고 믿는 것이다. 기실 시와 시가 아닌 것은 애초부터 구분할 수 없다. 시는 온몸으로 어떤 존재론적 운동성에 육박

해 가고 있다. 우리는 결코 시의 전부를 규정하거나 통제하거나 예측할 수 없으며 이 불가사의하고 불가역적인 불가능성에 대해 목도하고 체감하고 언급할 수 있을 뿐이다. "비망처럼/비밀처럼/비처럼" 그것은 숱한 직유로 미결정적 사태만을 지켜볼 뿐이다(「비처럼 비밀처럼 비망처럼」).

4. 부름에 응답하는 요나가 되어

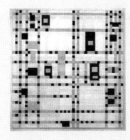

피에트 몬드리안, 「브로드웨이 부기우기(Broadway Boogie Woogie)」(1942)

몬드리안의 대표작으로 추앙되는 이 작품은 격자 모양으로 구획된 맨해튼을 리드미컬하게 보여 준다. 블루지한 부기우기 음악이 울리고 노란 택시들이 깜박이는 교통신호에 맞춰 움직이면 마치 랜드마크 빌딩들에 네온 불빛들이 켜지는 듯하다. 대도시의 아름다움은 수학적 체계에 있다고 한 몬드리안은 수직과 수평의 선들이 이루는 교차와 분할된 사각형 모티프에서 비례하는 리듬감을 시각적으로 표현했다. 몬드리안의 신조형주의 이념은 예술을 넘어 건축이나 패션 같은 실생활 영역에도 깊이 전파되어 몬드리아니

즘이라는 하나의 양식이 되었다. 형태와 색감만으로 뉴욕의 활기와 역동을 보여 준 이 그림에서 알 수 있는 것은 자동차의 이동과 사람들의 북적거리는 표정을 제거해야만 내면이 보인다는 것이다. 외연이 본질을 이해하는 것을 방해하기 때문이다. 어디까지가 노이즈인지를 판단하는 것은 관객의 몫이다. 다만 몬드리안의 경우 주관적인 감정을 배제한 조형의 기본 요소들에 기계적인 질서를 부여하고자 했고 그 조합의 체계가 무한함을 실험했다. 여기에서 더 추상으로 나아가면 오히려 구체에서 멀어지게 되고 끝까지 가면 검은 사각형이 된다.

카지미르 말레비치, 「검은 사각형(The Black Square)」(1915)

현대미술에서 가공할 사이즈의 캔버스에 찍힌 점 하나라든가 미니멀한 기하학적 패턴의 형상을 전시하는 경우를 상기해 보자. 말레비치의 전설적인 작품 「검은 사각형」은 한 세기 넘게 아방가르드의 아이콘으로 전 세계 미술계뿐 아니라 예술 전방위에 걸쳐 절대적인 영향력을 남겼다. 1915년 12월 페테르부르크에서 열린 '마지막 미래파 그림

전시회 0,10'에서 숭배와 경멸이 공존했던 문제작 「검은 사각형」은 탄생한다. 말레비치는 '오브제 없는 세상'이라는 에세이에서 회화 그 자체를 완전히 지워 나가는 형태의 제로, 제로의 형태를 추구한다고 했다.

추상화의 계보에서 형태를 단순화하고 생략하고 소거함으로써 점·선·면으로만 최소화하고 그마저도 거의 사라지게 하는 이 방식은 사실 난해함을 추구하기 위한 것이 아니라 오히려 난해함을 극복하기 위한 것에서 시작되었다. 그림의 본질이 무엇인가에 대한 의문에서 기인한 추상의 방향성은 거추장스러운 그림의 요소들을 하나씩 걷어 내고 나면 최종적으로 남게 되는 것이 바로 본질이라고 생각했던 것이다. 소통을 위한 노력은 극대화되어 역설적으로 소통이 불가능해지는 결과를 가져왔지만 캔버스에 찍힌 검은 사각형이 어떤 경로로 지금 여기에 도달했는지를 유추하게 하면서 그 궤적은 유의미해진다.

서요나의 시도는 지금 여기에 있는 것 같다. 시의 본질을 탈환하기 위해 비유와 상징이라는 티피컬한 시의 양식을 파기하고 언어를 단순화하면서 묘사는 디테일해지고 길어지는 양상을 띠게 되었는데 도리어 그 구체의 확장으로 인해 시는 다시 추상화되는 것이다. 아직 그의 시가 어디로 향해 갈지는 알 수 없다. 통과의례의 성장 서사와 문학적 자기실현의 알레고리, 물속 아케이드의 데페이즈망과 순환론적 세계관, 소거와 역설의 방법론으로 기획한 존재의 구현과 같이 미미하게 발생하는 여러 징후들만을 감지할 수 있을 뿐이다.

「봄날의 서스펜스」라는 제목에서 '서스펜스'는 라틴어로 '매단다'는 뜻을 가진 'suspensus'가 그 어원이다. 스릴러 장르에서 많이 활용되는 서스펜스는 관객에게 앞으로 불길한 일이 일어날 것을 예측하고 기대하게 해서 긴장감과 불안함을 유발하고 클라이맥스의 효과를 증폭시킨다. 예컨대 히치콕은 두 사람이 이야기를 나누는 씬에서 탁자 밑에 폭탄이 설치된 것을 미리 보여 준다면 관객은 그 폭탄이 언제 터질지 긴장하지만 개입할 수 없으므로 서스펜스가 발생한다고 설명한다. 만약 폭탄이 있다는 것을 보여 주지 않고 갑자기 폭탄이 터지면 서프라이즈가 되는 것이다. 즉 서스펜스가 기대를 안겨 주는 스킬이라면 서프라이즈는 기대를 저버리는 스킬이다. 서스펜스란 결국 의도적인 지연인 것이다. "봄날의 서스펜스"는 '봄날'이라는 말 속에서 감각되는 온도와 질감 그리고 그로부터 파생되는 긍정적 의미 뒤로 지연되고 있을 더 많은 서사들을 암시한다. 이는 서요나의 시가 횡단하고 있는 이원론, 성장, 순환, 소거와 추상 너머의 배후를 예고한다.

시가 정교한 질서와 정밀한 양식으로 자기의 성곽을 구축하기 시작하면 그 완공과 더불어 이미 낙후와 쇠락의 수순을 밟는 것이기에, 시인은 계속해서 형태를 특정할 수 없고 주제를 정리할 수 없는 상태, 어떤 식으로도 조직되거나 정의되지 않는 상태, 가장 현재적인 불확실성에 동의하는 상태에서만 부단히 표류한다. 그래서 은유적이고 상징적

인 언어, 소위 시적 언어가 없는 곳으로 다시 시를 되돌린
다. 관념화된 기호의 프레임 안에 구축되기 이전의 현존재
를 호흡하는 것이 시의 가능성을 타진하기 위한 가장 적합
한 자리라고 판단하기 때문이다. 시의 문법이 작동하지 않
는 곳, 시적인 구호와 질서가 호위하지 않는 곳, 시를 지향
하고 조형하지 않는 곳, 역설적으로 바로 이곳에서 시는 시
이전으로 돌아갈 것이고 시를 소거하는 것으로 시를 존재
케 할 것이다.

시는 발붙인 곳에서 생산적 논의를 통해 빛나는 왕국을
건립하는 데 관심을 두는 것이 아니라 시의 기원으로 거슬
러 올라가거나 시 바깥을 발견하기 위해 지하에서 고군분
투한다. 이성과 논리가 미치지 않는, 규범과 윤리를 초극
하는, 감각과 분별을 허락하지 않는 "수몰된 아케이드"가
시의 진지다(「물과 민율」). 요나가 죽음 체험 뒤에야 두려움
없이 자신의 사명을 향해 갈 수 있었듯이 시인 역시 좌초
된 성장 서사를 순례하는 시적 아이덴티티를 계기로 거듭
나 아무도 간 적 없는 길을 자기 시의 항로로 개척할 수 있
을 것이다. 그곳은 "글보다 글의 무덤을 더 많이 가지고"자
하는 시인의 마음으로부터 기적을 울릴 것이다(「Crush The
Heaven」).